Nero Impala

DRACHENBLUT

1. Buch - Kreuzungen

Umschlaggestaltung: M. Hanke

ISBN 978-3-934442-48-1
2. Auflage print

»Ich danke allen, die nicht aufgehört haben, mich zu treten, meine Drachen in gedruckte Form zu bringen. Leute, ihr wart erfolgreich!«

Prolog

Drachen

Sie sind Geschöpfe der Magie. Aber auch, wie kein anderes Lebewesen in unserer Welt, ausgesprochen bodenständig und durch und durch mit der Erde und dem Leben an sich verbunden. Sie sind beeindruckende Wesen, voller Kraft, Anmut und höchster Intelligenz. Ich bekomme jedes Mal weiche Knie, wenn ich einen Drachen sehe. Dabei habe ich bisher nur zwei kleine grüne Grasdrachen gesehen, die bestenfalls die Größe eines Lagerschuppens besaßen und das auch nur in den Büchern meines Meisters. Die Viecher soll es aber auch in ganz anderen, gigantischen Größen geben.
Warum muss ich in letzter Zeit ständig an sie denken? Drachen? Merkwürdig, ich habe seit Jahren keinen Gedanken an sie verschwendet. Warum gerade jetzt?
Sie sind faszinierende Geschöpfe, denn obwohl sie eine fast unerschöpflich erscheinende Kraft und magische Macht besitzen, sind sie sensible und verletzliche Wesen.
So sagt man jedenfalls. Ich denke, ich muss mehr über sie erfahren und das möglichst schnell und bald.
Denn die Drachen sind selten geworden. Unser Zeitalter hat die Welt verändert. Auf der einen Seite stehen die Priester der unifizierten Technokratie mit ihrer totalen Verneinung jeglichen Magischem. Obwohl sie es dementieren, gibt es Gerüchte. Es heißt, sie würden Drachen jagen und abschlachten. Nur, warum sollten sie dies tun?
Und auf der anderen Seite? Die Elben, das schöne magische Volk? Sie sind zu einem Witz der Geschichte geworden. Zum Schatten ihres früheren Glanzes. Verkommen zu einer Touristenattraktion. Verramschen ihre Traditionen und Bräuche, lassen die Touristenherden sogar durch ihre Wälder stampfen und schwatzen selbst ernannten Rittern angeblich magisch veredelte Schwerter auf.

Wie sollen sich Drachen in solch einer Welt wohl fühlen? Wie sollen sie das Gefühl bekommen, gebraucht und geliebt zu werden?
Und noch mal: Warum wollen mir die Viecher einfach nicht aus dem Kopf gehen?
Natürlich habe ich mein Möglichstes versucht. Aber wer bin ich schon? Segato G'Narn, ein Akolyt der 1. Stufe. Meine Möglichkeiten sind begrenzt, und ich wage es nicht, meinen Meister zu behelligen. Die Archive der Gilde sind besser geschützt, als die heilige Unschuld der Päpstin. Wenn die alte Zippe wüsste, was wir wissen... Wenn sie wüsste, über welche Möglichkeiten wir verfügen könnten... Nein, ich kann meinen Meister nicht involvieren. Vermutlich würde er meine Bedenken teilen und sogar meine Ideen für angemessen halten, aber sie trotzdem missbilligen – missbilligen müssen.
Das Konkordat wurde nie gebrochen, jedenfalls nicht offiziell. Die Balance zu halten ist ein überaus diffiziles Unterfangen. Gehen wir auch nur ein Jota fehl, könnten wir alles verlieren und das Verschwinden der Drachen wäre für uns alle noch das geringste Problem.
Was würde ich dafür geben, auch nur einen kurzen Moment die Pläne der Päpstin durchschauen zu können. Sie führt etwas im Schilde. Die vollständige Eliminierung des Magischen scheint mir nur ein Schritt, eine Zwischenstufe, zu etwas wesentlich umfangreicherem zu sein. Dabei ist Technik an sich gar nicht schlecht. Was würde ich ohne mein PDA-Implantat machen? Wer spricht heute noch reines Hochelbisch?
Und die Drachen? Manchmal habe ich das Gefühl, dass sie der Schlüssel sind.
Drachen. – Wieso muss ich in letzter Zeit ständig an sie denken?
Es bedeutet etwas.
Drachen?
Drachen!

Gilfea

Tod und Geburt

Anfang und Ende sind pure Illusion – So wie die Illusion selbst.
TARGON D'SOTO, 1. Graumeister der Gilde

Gilfea rannte.
Das feuchte hohe Gras behinderte seine Orientierung, schützte aber vor den Blicken der Verfolger. Gilfea rannte. Der kleine Junge rannte um sein Leben. Zu wissen, wo man war und wohin man rannte, war in diesem Moment zweitrangig, Hauptsache die ungefähre Richtung stimmte. Gilfeas primärer Gedanke war, möglichst viel Abstand zwischen sich und den anderem zu gewinnen. Die, das waren Orks, massenweise schwarze, stinkende, blutrünstige Orks.
Genau genommen waren es *vermutlich* Orks. Soweit Gilfea sie richtig erkannte, waren es höchstwahrscheinlich Orks. Da er noch nie Orks begegnet war, sondern nur Geschichten über sie gehört und Bilder von ihnen gesehen hatte, war er sich nicht ganz sicher. Auf jeden Fall zeigten sie sich so tödlich wie Orks, vielleicht sogar noch tödlicher.
Sie waren mitten in der Nacht gekommen. Das Dorf, in dem Gilfea aufgewachsen war, wusste sich kaum zu verteidigen. Die meisten Bewohner waren Bauern, außer ihnen gab es noch einen Schmied, einen Müller, einen Schankwirt und einen etwas absonderlichen und kauzigen Schriftgelehrten, bei dem Gilfea aufwuchs. Der Einzige, der ein Schwert besaß, war der Schmied. Der Schmied, Meister Schwarzstein, wusste sogar mit damit umzugehen. Er allein erlegte 12 Orks. Doch was sind 12 Orks bei einer Herde von Hunderten? Es waren einfach zu viele. Ein Pfeil traf den tapferen Mann ins Bein und riss ihn zu Boden, der nächste Pfeil traf seinen Waffenarm und entriss ihm damit das Schwert, der letzte Pfeil durchbohrte sein Herz. Orks pflegten keine Gefangenen zu machen.

Gilfea rannte. Die Feuchtigkeit hing tief im Gras und lag als dichter Nebel über der Landschaft. Gilfeas Herz hämmerte wie wahnsinnig. Er war erschöpft, müde und durstig. Nur die Angst von den Orks abgeschlachtet zu werden, trieb ihn weiter voran.
Er hatte Glück gehabt. Gilfea hatte sich, wie fast jede Nacht im Sommer, aus dem Dorf geschlichen. Er liebte die Bäume, die Wiesen und den Bach. Aber ganz besonders liebte er das silbrige Mondlicht und das Funkeln der Sterne. Es gab da einen besonderen Ort. Einen Baum, genau genommen war es ein Ort auf einem Baum. Eine dreiteilige, fast sternförmige Gabelung des Stamms, die ein kleines, geschütztes Plateau bildete. Gilfea kletterte immer wieder hinauf, um von dort die Sterne und den Mond zu betrachten und zu träumen. Auch diesen Abend hatte er in seiner geheimen Baumgabel gelegen und war, wie so häufig, dort eingeschlafen. Es war spät in der Nacht, als er von harten und grausamen Geräuschen geweckt wurde.
Es mussten mehr als zweihundert Orks gewesen sein. Sie trugen grobschlächtige Fackeln. Im Schein der Feuer konnte Gilfea ihre gezückten Dolche, Säbel und klobigen Schwerter erkennen. Noch bevor er richtig wach war, brach die Hölle über das kleine Dorf herein. Feuerpfeile prasselten wie Platzregen auf die Häuser nieder und steckten sie in Brand. Als die ersten Menschen panisch herausliefen, fielen die Orks über sie her und metzelten alles nieder, was sich bewegte. Dabei gingen sie mit absolut tödlicher Präzision vor, was für Orks eigentlich untypisch war. Fast hatte man den Eindruck, sie erhielten von jemandem Befehle. Jemandem, der wollte, dass niemand aus dem Dorf überlebte.
Gilfea hockte auf seinem Baum und sah alles. Eine eisige Kälte griff nach seinem Herz. Das Bild brannte sich in seinen Kopf ein. Es war so schrecklich, so grausam, dass er nicht einmal in Tränen ausbrechen konnte. Die Orks tobten wie wahnsinnig, brachen jedes Haus auf und schleiften das Dorf bis auf die Grundmauern. Sie kannten kein Erbarmen.
Panik ergriff Gilfea. Ein Gedanke bildete sich in seinem Verstand: »Du musst rennen! Du musst hier weg!«
Der Baum war weit genug vom Dorf entfernt. Gilfea kletterte leise herab. Dabei machte er so wenig Geräusche, dass selbst ein

Elb ihn nur gehört hätte, wenn er wüsste, worauf er hätte achten sollen.
Kaum war der Boden erreicht, rannte er los. Erst den Bruch entlang, dann dem Fluss folgend. Als er die Fennwiese erreichte, bog er ins hohe Gras ab und lief in Richtung der Eisengebirge.
Das Gras war so hoch, dass es Gilfea bis weit über den Kopf reichte. Seine Kleidung hatte so viel Tau von den Halmen abgestreift, dass sie klamm und schwer wurde, doch er rannte weiter. Immer weiter.
Er rannte, als der Morgen anbrach, er rannte, als die Sonne hoch am Himmel stand und er rannte immer noch, als die Sonne sich wieder hinter dem Horizont zurückzog. Erst, als es dunkel wurde, brach er erschöpft zusammen und fiel an Ort und Stelle in einen langen, tiefen Schlaf.

Gilfea erwachte. Es war Nacht. Der Himmel war wolkenlos und klar. Die Sterne funkelten und eine Mondscheibe, die fast voll war, erhellte die Gegend mit ihrem silbrig, fahlen Licht, das Gilfea so sehr liebte. In der Stille der Nacht meinte der Junge ein leises Plätschern zu hören, was gut war, denn er war mehr als durstig. Er folgte dem Geräusch. Es wurde lauter, und bald entdeckte er das glitzernde Band eines munter dahinspringenden Gebirgsbaches. Das Wasser war kalt, eiskalt, und Gilfea nahm nur ganz vorsichtig Schluck für Schluck zu sich.
Mit jedem Schluck, den er trank, fühlte er sich frischer und lebendiger, aber immer noch etwas müde. Er schaute sich um, fand eine kleine Gruppe zusammenstehender knorriger alter Bäume, ging zu ihnen hin und kletterte auf einen passend erscheinenden hinauf. Dort oben sicherte er sich und schlief erneut 4friedlich ein. Die Schrecken der Orks schienen weit, sehr weit entfernt zu sein.

Gilfea war ein Junge. Niemand wusste, woher er gekommen war und wer wohl seine Eltern sein könnten. Niemand konnte daher sagen, wie alt er war. Die Menschen des Dorfes vermuteten, dass Gilfea nach Größe und Statur wohl etwa eineinhalb Jahre alt sein musste. Als Geburtstag wurde ganz pragmatisch der Tag gewählt, an dem man ihn eines Morgens vor der Tür des

Dorfkrugs fand. Da es gute und ehrliche Leute waren, gab es keine Frage, was mit dem kleinen Kerl passieren sollte, und so wurde er quasi als Kind des ganzen Dorfes betrachtet. Für sein leibliches Wohl sorgte die Frau des Wirts, für Kleidung der Müller und wohnen tat er bei Meister Arbogast, dem merkwürdigen und kauzigen Schriftgelehrten des Dorfes. Er wurde auch sein Lehrer, der ihn in allem unterrichtete, was man wissen musste.
Gilfea. – Sein Name war die einzige Verbindung zu seiner Herkunft. »Gilfea.« Dieser Name stand eingraviert auf einem für den Knirps viel zu großen Edelsteinmedallion, das an einem Lederbändchen um seinen Hals baumelte. Gilfea war ein elbischer Name und lautete in der gemeinsamen Sprache »Sternengeist«.
Jahre gingen ins Land, in denen er zu einem stattlichen Jungen heranwuchs. Er war kräftig gebaut, geschickt mit seinen Händen und sehr intelligent. Neben den Studien bei Meister Arbogast erlernte Gilfea das Schmiedehandwerk und war so geschickt, dass die Leute ihn ebenso oft baten, etwas zu richten, wie den Schmied selbst. Obwohl er immer freundlich, zuvorkommend und niemals böse war, hielten sich die anderen Kinder des Dorfes auf Distanz zu Gilfea. Es war nicht so, dass sie ihn beschimpften oder nicht mit ihm sprachen. Von Zeit zu Zeit spielte man sogar miteinander, aber Gilfea schien immer ein wenig fremd und anders zu sein.
Es war die Nacht seines 14. Geburtstags, als die Orks über das Dorf herfielen.

Gilfea schreckte auf. Ein markerschütternder Schrei zerriss die Luft. Ein Ton, der so traurig und leidvoll war, dass kein empfindendes Wesen ihm widerstehen konnte und sofort in Tränen ausbrach. Es war das traurigste Geräusch, das Gilfea jemals gehört hatte. Es war, als wenn schlagartig alle Schönheit und Anmut aus der Welt verschwinden würde. Als das Geräusch abebbte und schließlich verschwand, wirkte die Welt stumpf und blass, als ob man die Farbe mit zu viel Bleiche herausgewaschen hätte.
Gilfea kletterte von seinem Baum und lauschte.

»...«
Da war etwas. Es war keine Stimme, mehr das Gefühl einer Stimme. Gilfea lauschte erneut, wobei er seine Augen schloss, um sich besser konzentrieren zu können.
»...«
Es war eindeutig eine Stimme, aber diese Stimme schien in seinem Kopf zu sein. Die Stimme formulierte auch keine Worte. Es war viel mehr ein wortloser Ruf. Gilfea öffnete seine Augen und sah sich um. Er hielt seinen Kopf mal in die eine, dann in die andere Richtung. Die wortlose Stimme schien tatsächlich aus einer bestimmten Richtung zu kommen.
Gilfea rannte los. Nicht so schnell wie bei seiner Flucht, denn er wollte die Stimme nicht verlieren, aber schnell genug, um den Ursprung der Stimme schnell erreichen zu können.
Er stellte fest, dass er viel näher am Eisengebirge war, als er vermutet hatte. So entsprang der Bach, aus dem er getrunken hatte, dem Gebirge. Er befand sich bereits am Rande der Vegetationsgrenze. Das Gras wich weichen Moosflächen und dürren Sträuchern. Die letzten Bäume waren die kleine Gruppe, bei denen Gilfea geschlafen hatte. Die ganze Umgebung wurde karg und karstig. Erste gefährliche Geröllflächen kreuzten den Weg.
Gilfeas wusste, dass er auf dem richtigen Weg war. Je mehr er sich dem Gebirge näherte, desto lauter wurde die Stimme in seinem Kopf.
»...«
Sie wurde aber auch beunruhigender; zwar lauter, was untrüglich daran lag, dass Gilfea der Quelle näherkam, aber auch schwächer, als würde sie aus sich heraus schwinden.
Die Zeit verging. Der Weg wurde immer beschwerlicher. Der Boden bestand nur noch aus lockerem Geröll und Felsen. Stieg das Gelände zuerst seicht an, war es jetzt ein steiler Aufstieg. Gilfea sah zum Gebirge hinauf. Der Berg rauchte, und es roch nach Schwefel. Vor ihm, etwa 200 Meter entfernt, ragte eine breite Felswand mit einem scharfen Einschnitt empor. Der Einschnitt war gerade einmal breit genug, dass ein Mann auf einem Pferd hindurchpassen konnte. Gilfea rannte weiter.

Immer mehr beschlich ihn das Gefühl, dass die Zeit knapp wurde.
Endlich, die letzten Meter waren sehr anstrengend, der Boden locker, und Gilfea mehrmals kurz davor zu stolpern und den Abhang hinabzurutschen. Außer Atem erreichte er schließlich den Einschnitt, der sich als Weg, fast als eine Schlucht, zwischen hoch aufragenden Felswänden entpuppte.
Gilfea nahm seinen ganzen Mut zusammen und ging hindurch. Der dunkle Weg wandte sich hin und her. Nach über hundert Schritten war noch kein Ende zu erkennen. Immerhin war der Boden glatt, fest und ebenerdig.
Und plötzlich stand er im Freien. Er schaute in ein Plateau mit dampfenden Schloten. Die Ebene war eingerahmt von den gleichen hohen Felswänden wie die Schlucht und bildete einen Kessel von etwa 300 Metern im Durchmesser, der etwas tiefer lag.
Gilfea sah hinab. Entsetzen packte ihn, und er hätte laut aufgeschrien, hätte er sich nicht beide Hände vor den Mund geschlagen. Am gegenüberliegenden Ende des Kessels lag der gehäutete Kadaver eines riesigen, nein, eines gigantischen Drachens. Sofort wusste Gilfea, welch trauriger Schrei ihn geweckt hatte. Böse, sehr böse Wesen mussten sich an diesem edlen Geschöpf vergriffen und es getötet haben, um an sein Blut und seine Haut zu gelangen. Drachenhaut, das kostbarste Leder, das es gab. Eine Rüstung aus diesem Material machte gegen normale Waffen fast unverwundbar. Magische Waffen hingegen...
Und dann das Drachenblut. Gilfea wusste nicht viel darüber, aber was er wusste, ließ sein eigenes Blut in den Adern gefrieren. Da Drachen magische Wesen waren und ihr Blut von dieser magischen Energie erfüllt war, zählte es zu einer der kostbarsten Substanzen, die es in dieser Welt gab. Manch ein Magier hätte seine Seele dafür gegeben.
Gilfea weinte. Er hatte noch nie einen Drachen gesehen, aber er wusste aus den Büchern des Meisters Arbogast, wie selten und kostbar diese Geschöpfe waren. Vor Trauer ging Gilfea in die Knie. Wie grausam die Welt war!
»Gilfea!«

Die Stimme war klar und deutlich in seinem Kopf zu hören. Sie war zwar klar, aber sehr, sehr schwach, fast zitterig. Gilfea sprang sofort auf und rannte den Kessel hinab. Er wusste, wohin er rennen musste. Woher dieses Wissen kam, war unbedeutend und belanglos. Es kam nur darauf, dass er rannte. Er rannte wie der Wind, wie ein Sturm, direkt auf einen Haufen Steine zu, die von einem kümmerlichen, bräunlich grünen, struppigen und dornigen Gestrüpp überwuchert waren.
Und dort fand er es. Ein Ei! Ein Drachenei.

Es war noch warm, wenn auch nicht mehr so heiß, wie Dracheneier sein sollten. Gilfea wusste sofort, was zu tun war. Die Bücher Meister Arbogasts hatten genau beschrieben, wie ein Drachenei ausgebrütet wurde. Er erinnerte sich: Das Ei wird von seiner Mutter in einen Ring aus Steinen gelegt. Sodann werden die Steine regelmäßig mit Feuer bespien, damit das Ei niemals auskühlt.
Hier gab es kein Drachenfeuer mehr, aber es gab das Feuer des Bergs. Der Kessel war mit Schloten, aus denen heiße Gase aufstiegen, übersäht. Gilfea packte das Ei, es war groß und schwer, und schleppte es so schnell er konnte zum nächsten Schlot.
Schon etliche Schritte vor dem Mund des Höllenschlunds war die Luft brennend heiß und kaum atembar. Aber Gilfea gab nicht auf. Er brachte das Ei so weit er konnte, bis an den Rand des Kamins, legte es vorsichtig ab, verkeilte es mit Steinen und brachte sich schnell in Sicherheit.
»Danke, Gilfea!«

Wache

Selbstlosigkeit ist ein Zeichen wahrer Liebe oder größtmöglicher Dummheit.
Wenn man nur vorher wüsste, was zutrifft.
PROFITIUS SPAX, Philosoph 2. Klasse

Das Drachenei lag sicher am Rand des Kamins. Die Hitze der Gase sollte genügend Wärme abgeben, um das Ei heiß zu halten. Gilfea fragte sich, wie lange es wohl noch dauerte, bis der Drache schlüpfte. Über Brutzeiten fand sich wenig in Meister Arbogasts Büchern. Vielleicht hatte er das entsprechende Kapitel auch einfach überlesen.

Ein Drache!

Gilfea war sehr aufgeregt. Drachen waren eine Seltenheit geworden. Nur sehr wenige Menschen hatten in den letzten Jahrhunderten jemals einen gesehen und wenn, dann fürchteten sie sich. Selbst die Elben, die die Drachen gleichermaßen fürchteten und verehrten, begegnete ihnen kaum noch. Gerüchte besagten, dass sie sich in weit entfernte Regionen der Welt zurückgezogen hatten, aber vor allem schienen sie die Welt der Technopriester zu meiden. Nicht zuletzt galt Kardinal Ada als der Erbarmungsloseste aller Drachenjäger, von der Päpstin selbst einmal abgesehen.

Doch für Gilfea waren Drachen die schönsten Wesen auf der Welt. In den Büchern seines Meisters waren farbenprächtige Bilder zu bewundern. Selbst die Datenscheiben der Bibliothek der Technopriester zeigten Filme von Drachen, natürlich um sie als todbringende, unkontrollierbare Bestien darzustellen. Für Gilfea zeigten die Bilder aber keine Bestien, sondern anmutige und elegante Geschöpfe.

Und nun hatte er ein Ei gefunden. Und der Drache in dem Ei hatte mit ihm gesprochen. Gilfea strahlte vor Freude.

Was es wohl für ein Drache war? Der Schale konnte man keine Anhaltspunkte abgewinnen. Sie war weiß oder eher schmutzig grau. War es ein roter Drache? Ein grüner Grasdrache oder gar ein Silberdrache? Die waren sehr selten. Vermutlich war es ein grüner Bambusdrache, die sollten von allen Arten noch die häufigste sein. Gilfea hatte das unbestimmte Gefühl, der Drache

in seinem Ei, würde über seine Überlegungen schmunzeln.
Was sollte er nun tun?
Gilfea schaute vom Ei zum Kadaver des toten Drachen und war erstaunt. Innerhalb weniger Stunden war das Fleisch vertrocknet und zu Staub zerfallen. Nur das Skelett war übrig geblieben. Es musste wirklich ein gigantisches Tier gewesen sein.
»Ich bleibe!«, Gilfea stand ein paar Meter vor dem Ei und schaute es an. Er sprach mit lauter Stimme, obwohl niemand da war, der ihn hören konnte: »Ich werde bleiben. Ich habe eine Verantwortung für dieses unschuldige Leben übernommen. Ich werde bleiben und dieses Ei beschützen und wenn nötig mit meinem Leben verteidigen.«
Doch ein Junge, so mutig und entschlossen er auch sein mochte, musste an seinen Körper denken. Die heiße und trockene Luft machte durstig. Sie brannte nicht nur in den Augen und machte Haut und Lippen spröde und rissig, sie trocknete einen aus. Gilfea musste an die Wirtsfrau seines Dorfs denken, wie sie Obst im großen Steinbackofen trocknete. Genau so fühlte er sich, wie Obst im Backofen. Er musste dringend etwas trinken aber auch essen. Über seinen Durst hatte er fast seinen knurrenden Magen vergessen. Wann hatte er das letzte Mal etwas gegessen? Gilfea konnte sich kaum daran erinnern. Er schaute sich um. Auf dem Plateau gab es wenig, jedenfalls nichts, dass man essen konnte. Der Kessel schien, abgesehen vom kümmerlichen Dornengestrüpp, in dem das Ei gelegen hatte, tot zu sein. Weder Vögel noch andere Tiere zu hören, von ein paar Eidechsen, die die Gluthitze zu gefallen schien, einmal abgesehen. Das Ei lag direkt an einem der Schlote. Ein Raubtier, so vermutete Gilfea, würde sich wohl nicht trauen, sich dem Ei zu nähern, um nicht von den heißen Gasen verbrannt zu werden.
Außerdem scheint es nur den einen Zugang zu geben, durch den ich gekommen bin, überlegte Gilfea, wenn ich mir Wasser und ein paar Beeren und Wurzeln hole, müsste ich den Eingang immer in Blick behalten können.
Seine Umsicht zahlte sich aus. Erst jetzt bemerkte der Junge, dass er die ganze Zeit seinen Lederbeutel mit Wasser und einen kleinen Rucksack mit sich geführt hatte. Selten hatte er das Dorf ohne verlassen. Allerdings führte er in seinem Rucksack leider

keine Lebensmittel, sondern Pergament und Zeichenstifte mit sich, um hoch auf seinem Baum seine Gedanken mal als Gedicht oder Lied mal als Zeichnung festhalten zu können.
»Eine Weile wirst du ohne mich auskommen müssen, kleiner Freund!«
Gilfea warf dem Ei einen letzten Blick zu und eilte hinfort, durch die schmale Schlucht hinaus auf den Abhang mit seiner Schotterfläche. Die nächste Vegetation mochte wohl eine Meile entfernt sein. Gilfea ging zügig voran. Er wollte so schnell wie möglich zurück sein. Das Ei sollte keine Minute länger als nötig unbewacht bleiben. Doch bei aller Eile war der Abstieg über die Schotterfläche mühsam und beschwerlich. Das Geröll war lose und gab gelegentlich nach, dass er mehrfach fast abgerutscht wäre. Erst nach einer Stunde war der Vegetationsstreifen erreicht. Mit einem ständig wachsamen Blick über die Geröllfläche und den Eingang des Kessels suchte Gilfea die Gegend nach Nahrung ab.
Er hatte Glück und fand wilde Erdbeeren, Himbeeren und Brombeeren. Sogar ein paar Wurzeln, von denen er wusste, dass sie genießbar und nahrhaft waren, konnte er ausfindig machen. Er aß sich satt. So konnte er eine Mahlzeit sparen. Seinen Schlauch füllte er an einem zwar dünnen aber sauberen, frischen und kühlen Rinnsal auf, das aus einer Felsspalte im Boden entsprang.
»Ich brauche Platz!«, stellte Gilfea mit einem Blick auf seinen Rucksack fest und öffnete ihn wehmütig, um ihm all die Dinge zu entnehmen, die ihm lieb und teuer waren. Seinen Zeichenblock, die Stifte und ein Buch, das er aus Arbogasts Bibliothek entliehen hatte. All diese Sachen versteckte er so gut es ging unter einem Steinhaufen, in der Hoffnung, sie später wieder abholen zu können. Dann füllte er seinen Rucksack mit Moos, den Beeren und Wurzeln und machte sich auf den Weg zurück zum Plateau des Berges. Der Weg war erneut sehr anstrengend, anstrengender noch als der Abstieg, aber Gilfea kämpfte sich verbissen hinauf. Müde und erschöpft erreichte er den Kessel und begab sich sofort zum Drachenei.
»Ich bin zurück!«
Doch das Ei antwortete nicht.

Trotzdem meinte Gilfea, das Leben in ihm zu fühlen.
Der Kessel war kein angenehmer Ort für einen Menschen. Vor allem nicht, um auf ihm zu nächtigen. Die Luft war heiß von den Schloten. An manchen Ecken roch es stark nach Schwefel. Gilfea suchte sich den kühlsten und frischsten Ort im Kessel aus und bereitete dort sein Lager. Er legte eine Kuhle frei, entfernte alle losen Steine und legte diese mit einem Bett aus dem Dornengestrüpp aus. Dies bedeckte er mit den im Tal gesammelten Moosmatten. Es war nicht komfortabel, eigentlich sogar weit davon entfernt, doch es sollte genügen, um im Schlaf etwas Erholung zu finden.
Kaum war Gilfea mit den Arbeiten zu seinem Nachtlager fertig, als auch schon die Nacht über den Kessel hereinbrach. Es wurde schnell dunkel. Die aufragenden Felswände warfen tiefe Schatten. Mit einem letzten Blick auf das Drachenei legte sich Gilfea zu Nachtruhe.

Gilfeas Schlaf war unruhig. Albträume von Orks, wie sie sein Dorf überfielen, quälten ihn. Auch der unendlich qualvolle Schrei des sterbenden Drachens brannte immer noch in seinem Schädel. Gilfea war kurz davor aufzuwachen, als er eine sanfte, seidene Stimme hörte. Sie sang ein Lied in einer fremden Sprache, doch die Worte waren unwichtig. Allein ihr Klang vertrieb die dunklen Träume. Die Stimme war wie liebende Hände, die über seine Wangen strichen. Gilfea lauschte ihrem Klang und meinte entfernt seinen Namen zu hören, »Gilfea!« und driftete endlich in einen friedlichen Schlaf.
Als er am nächsten Morgen erwachte, fühlte er sich ausgeruht und gestärkt. Sein erster Blick galt dem Ei. Es lag unversehrt und friedlich neben dem Schlot.
Dies muss ein Vulkan sein. Vermutlich befinde ich mich in seinem Krater, überlegte der Junge und sah sich um. Es stellte sich die Frage, was er während der Zeit bis zum Schlüpfen des Drachenbabys machen sollte. Viel gab es nicht, was er tun konnte. Vom Kadaver war nur noch das Skelett übrig, selbst der Staub des Gewebes war verschwunden. Gilfea näherte sich

vorsichtig und mit Ehrfurcht den sterblichen Überresten.
»Was für Wesen können so etwas nur anrichten?« Wut, Zorn aber auch Trauer keimten in ihm auf und ließen eine Träne über seine Wangen rinnen, während er gleichzeitig seine Hände zu Fäusten ballte. Er schaute zu Boden und entdeckte im gleichen Moment etwas Glitzerndes vor seinen Füßen. Er wollte sich gerade hinknien und es aufheben, als ihn eine eisige Kälte beschlich. Das glitzernde Etwas war unheimlich. Gilfea traute sich nicht, es zu berühren, zumindest nicht mit seinen bloßen Fingern. Stattdessen besorgte er sich eine lange Rute des Dornenstrauchs und legte das glitzernde Teil frei.
Es war eine Klinge, eine Speerspitze. Sie schien aus einem besonderen Metall gefertigt zu sein, denn sie schimmerte in einem eisigen blau-grauen Glanz. Es war fast so, als wenn alle Reflexionen zu schneidend kalten Strahlen verändert wurden. So unerträglich der Anblick war, so wichtig empfand Gilfea es, die Klinge zu untersuchen. Vorsichtig näherte er sich. Neben der Kälte verbreitete die Klinge auch ein Gefühl von Angst und Verzweiflung. Es fühlte sich fast so an, als wenn jemand dem Bösen an sich eine physische Substanz gegeben und diese in Form der Speerspitze gebracht hätte.
Die Waffe richtig freizulegen entpuppte sich kniffeliger als erwartet, denn Gilfeas Strauch welkte und begann an den Stellen zu Rauch und Staub zu zerfallen, an denen er das Metall der Klinge berührte. Raureif überzog den gesamten Strauch. Mit Mühe gelang es dem Jungen trotzdem, das kalte Material auszugraben und zu betrachten. Eingraviert in die Oberfläche waren feine Linien, die Schriftzeichen einer fremden Sprache zu sein schienen. Obwohl Gilfea die Symbole nicht deuten konnte, wusste er instinktiv, dass sie kraftvoll, mächtig, aber auch extrem böse waren.
Wie böse muss eine Waffe sein, die einen Drachen töten kann?
Gilfea wandte sich ab. Die Kälte der Klinge war mit der Zeit unerträglich geworden. Zum Glück befand sich Gilfeas Lagerplatz mit dem Ei des ungeborenen Drachens weit, am gegenüberliegenden Ende des Kessels, entfernt. Irgendwie hatte er das Gefühl, dass die Klinge dem Ei nicht zu nahe kommen sollte.

Gilfea kehrte zum Drachen in seiner Kalkhülle zurück. Obwohl niemand da war, der ihm zuhörte, sprach er mit dem Ei: »Ich werde nicht zulassen, dass dich eine solche Klinge trifft.«
Mit diesen Worten setzte er sich hin und dachte nach. Die Waffe musste verschwinden. Weg von dem Ei. Weg aus seiner Nähe. Suchend sah er sich um, und schließlich kam ihm eine Idee. Er trug ein paar geeignete Steine zusammen, holte mehr von dem dornigen Gestrüpp, löste einige Fäden aus seinem Rucksack und fing an zu bauen. Es dauerte Stunden, in denen er verschiedene Steine und Sträucher wechselte. Schließlich, es war früher Abend und die Dämmerung begann, war er fertig.
Aus einigen langen Ruten hatte er eine Art Zange gebaut, mit der er die Klinge hoffte packen zu können. Die Wangen der Zange waren aus Stein, sodass sich die Ruten nicht auflösen konnten. Denn auf tote Materie wie Stein, so vermutete er, würde das Material keine Wirkung haben.
Gilfea nahm seinen ganzen Mut zusammen und ging zurück zur Drachentöterklinge. Es dauerte eine Weile, bis er seine Zange soweit handhaben konnte, dass es ihm gelang, die Klinge zu packen. Allerdings nicht lange. Nach ein paar Schritten entglitt ihm die Waffe. Vorsichtig nahm er sie wieder auf und schaffte erneut einige Meter. Das Spiel begann von Neuem. Meter um Meter arbeitete sich Gilfea vor, bis er schließlich sein Ziel erreicht hatte, einem der vielen Schlote.
Je näher er ihm kam, desto heißer wurde es. Inzwischen war die Dämmerung weit fortgeschritten und die Dunkelheit hätte ein Weitermachen fast verhindert, wenn nicht der Mond hell über dem Kessel geschienen hätte.
Gilfea packte die Klinge erneut und setzte seinen Weg fort. Da fiel ihm plötzlich auf, dass die Klinge zu schimmern begann, eisig blau und kalt. Das Schimmern wurde heller, je näher er dem Schlot und damit seiner Hitze kam. Es schien Gilfea fast, als wenn sich die Klinge wehrte, denn seine Zange begann zu beben. Er packte fester zu. Wenn sich die Klinge wehrte, dann musste er auf dem richtigen Weg sein. Entschlossen und mit aller Kraft legte er den letzten Meter zurück, manövrierte die Zange samt Klinge über den Schlot und öffnete die Zange.
Der Stahl blitzte einmal hell auf. Ein eisiger blaugrauer Blitz

blendete Gilfea und ließ ihn vor Kälte erschauern, dann erzitterte die Erde. Es gab ein Grollen und ein Beben, als ein gleißend heller blauer Lichtstrahl, begleitet von einem kreischenden Geräusch, aus dem Schlot herausschoss. Danach war Ruhe. Gilfea fühlte, dass die Klinge zerstört war.
»Oh Himmel, das Ei!«, schrie er auf, als ihm das Beben einfiel. So schnell das Mondlicht es zuließ, rannte Gilfea zum Lagerplatz des Eis. Aber er hatte Glück. Es hatte sich zwar aus seiner Verkeilung gelöst und war ein Stück gerollt, hatte dies aber unbeschädigt überstanden. Vorsichtig sicherte Gilfea das Ei erneut mit einigen Felsbrocken. Erschöpft aber zufrieden kehrte er zu seinem Lagerplatz zurück, legte sich hin und schlief sofort ein. Die stickige, heiße und trockene Luft des Kessels, und das Zerstören der Drachentöterklinge forderten ihren Tribut und zehrten von Gilfeas Kraft. Kaum eingeschlafen, begann Gilfea zu träumen. Die Stimme war wieder in seinem Kopf und sang ihr Lied. »Gilfea!«

Am nächsten Tag musste Gilfea wieder den Kessel verlassen, um sich frisches Wasser und Nahrung zu besorgen. So ging es über Tage. Jeden zweiten Tag kletterte Gilfea hinab ins Tal, sammelte Wurzeln und Beeren, holte Wasser und Moos und ging zurück zum Plateau. Von Zeit zu Zeit überprüfte er das Ei. Es war heiß und schien zu pulsieren. Jedes Mal, wenn er seine Hand auf das Ei legte, konnte er spüren, wie sich das Leben darin entwickelte. Nicht mehr lange und der Drache würde schlüpfen.

Agonie

Ich hasse Magie!
PAULA-SYLVESTRA II, Päpstin der unifizierten Technokratie

Das mit dem Schlüpfen schien dann doch nicht so schnell zu gehen, wie sich Gilfea gedacht und auch erhofft hatte. Wie viele Tage wachte er jetzt bereits über das Ei? Oder waren es bereits Wochen? Ein Monat? Er hatte sein Zeitgefühl verloren. Die zwar regelmäßige, aber eben auch karge Ernährung zeigten Spuren. Gilfea merkte, dass er schwächer wurde, und fragte sich, wie lange er noch aushalten konnte. Eine Woche vielleicht? Höchstens zwei. Beim letzten Abstieg ins Tal war er gestolpert und hatte sich dabei wohl die Rippen geprellt. Zuerst hatte er es gar nicht bemerkt, als er dann aber am nächsten Tag von seinem Mooslager aufstehen wollte, überfiel ihn ein heißer Schmerz, der sich in seiner ganzen Brust breitmachte. Der Schmerz schnürte ihn ein. Verschiedene Bewegungen waren dermaßen schmerzhaft, dass ihm die Luft wegblieb. Mit Grauen dachte er daran, dass er am nächsten Tag wieder ins Tal hinabsteigen musste, wollte er nicht verdursten.

Er zauderte. War dies die richtige Entscheidung gewesen? Einfach einem Drachen den Start ins Leben ermöglichen? Gilfea schwankte, doch als er zum Ei hinübersah, wichen alle Zweifel.

Ich werde es durchstehen, spornte sich der Junge entschlossen selbst an.

Den Tag über blieb er die meiste Zeit auf seinem Moosbett liegen, um sich zu schonen und seine Rippen nicht zu beanspruchen. Der Abend kam, und Gilfea fiel in einen traumlosen Schlaf. Am nächsten Morgen waren die Schmerzen noch stärker geworden. Die Prellung hatte ihre volle Wirkung entfaltet. Gilfea quälte sich auf. Mit eisernem Willen schleppte er sich ins Tal, sammelte seine Wurzeln, seine Beeren, trank Wasser und kroch schließlich, teilweise auf Händen und Füßen, den Berg wieder hinauf.

Und dann passierte es. Am inneren Kesselrand stolperte er über einen Felsbrocken. Er fiel auf die Seite, der Schmerz ließ ihn aufbrüllen. Mit letzter Kraft robbte er auf allen vieren zu seinem

Lager und brach erschöpft zusammen.
Der nächste Tag verging in Agonie. Es schien nichts gebrochen, aber was hatte Meister Arbogast gelehrt? Prellungen sind meistens wesentlich schmerzhafter als Brüche. Er hatte recht. Gilfea würde ihm in diesem Punkt niemals widersprechen.
Der nächste Tag war nicht besser. Die Schmerzen in seinen Knochen waren immer noch unerträglich, jeder Versuch aufzustehen, endete darin, dass Gilfea vor Schmerz aufstöhnte und nach Luft japste.
›So, das war's dann wohl. Wie lange kann ich ohne Wasser auskommen? In dieser Hitze? Zwei Tage? Mit Glück drei?‹, dachte Gilfea und trank den letzten Tropfen.
Die nächste Nacht kam, und Gilfea fiel in einen tiefen Schlaf. Er träumte von dem Ei und wie ein kleiner schwarzer Drache aus der Hülle schlüpfte. ›Wenn ich es doch erleben dürfte, ihn einmal zu sehen. Ein einziges Mal. Wenn es alles ist, was mir vergönnt ist, so soll es reichen.‹
Der nächste Tag kam. Gilfea stellte fest, dass er keine Chance hatte. Die Schmerzen in seiner Brust hatten über Nacht dermaßen zugenommen, dass jeder Atemzug zur Qual wurde. War das wirklich nur eine Prellung oder waren doch einige Rippen gebrochen? Vorsichtig öffnete Gilfea sein Hemd und erschrak. Seine Brust war ein einziger Bluterguss. Die leichteste Berührung ließ ihn aufstöhnen. Gilfea begann zu verzweifeln. Wenn ihm bereits das Atmen so schmerzhaft war, es ihm Tränen in die Augen trieb, wie sollte er so ins Tal gelangen?
Durst quälte ihn. Die Luft im Kessel trocknete alles schnell und erbarmungslos aus. Müde, erschöpft und mit seinen Kräften am Ende blickte Gilfea ein letztes Mal zum Ei.
›Es sollte wohl nicht sein‹, dachte er und schloss seine Augen.

Gilfea fiel in eine tiefe Dunkelheit. Sie hüllte ihn ein, zog ihn herab. Es wurde kalt. Er spürte, dass er starb. Nur noch ein kurzer Moment und ein kleiner Schritt und es wäre vorbei. Die Schmerzen wären fort. Nur ein kleiner Moment noch ...

Doch plötzlich waren da zwei glutrot glühende Punkte in der Dunkelheit. Sie verströmten Wärme, Leben und Liebe. Die Dunkelheit wich zurück. Das Rot wurde intensiver, wärmer, fast heiß, aber auf eine Art, die nicht verbrannte. Wie vorher die Dunkelheit hüllte ihn jetzt das rote Glühen ein, durchdrang ihn, wurde eins und ein Teil von ihm. Dieses Glühen, Gilfea wusste es instinktiv, würde ihn nie wieder verlassen.
»*Schlafe, Gilfea! Ich werde über dich wachen*!«

Gilfea erwachte mitten in der Nacht. Im ersten Moment war er desorientiert. Irgendetwas war anders. Er fühlte sich frisch, sogar kräftig, die Erschöpfung war verschwunden, selbst die Schmerzen waren nicht mehr zu spüren. Trotzdem, etwas war anders. Gilfea wollte aufstehen, als er begriff, was anders war. Er konnte sich nicht bewegen. Nun, eigentlich konnte er es schon, nur behinderte ihn etwas in seiner Bewegung. Halb auf ihn, halb an ihn hatte sich ein kleiner Drache geschmiegt. Der Drache hatte einen seiner Flügel wie eine Decke über Gilfea ausgebreitet und hielt ihn mit der Klaue fest.
Gilfea erschrak. Er lag auf der Seite und schaute direkt in das Gesicht der Echse. Die schien friedlich zu schlafen und grinste. Der Drache grinste. Seine Schnauze zeigte das frechste Grinsen, das Gilfea je gesehen hatte.
»*Und, geht es dir besser?«*, hörte Gilfea eine Stimme in seinem Kopf. Sie klang kräftig, irden, aber auch sehr lebendig und ziemlich amüsiert.
»Wer hat das gesagt?«, rief Gilfea ängstlich.
»Ich!«, meinte die Stimme in seinem Kopf und schien fast schon zu kichern.
Langsam öffnete sich eines der Drachenaugen. Es leuchtete glutrot in der Dunkelheit.
»*Ich kann dich sehen*«, kicherte die Stimme.
»Du ...«, stammelte Gilfea, »Du ... du ...«
»*Ich bin geschlüpft*«, vervollständigte der Drache Gilfeas Gestammel. Dann öffnete er auch sein anderes Auge, nahm den Flügel von Gilfea und stellte sich vor ihn hin. »*Und wenn ich hinzufügen*

darf: in letzter Sekunde. Du warst gerade mit Sterben beschäftigt.«
»Du hast mich gerettet?«, fragte Gilfea und sah den Drachen ehrfürchtig an. Dafür, dass er gerade geschlüpft war, war er für einen Drachen zwar klein, insgesamt aber schon recht groß, nämlich genauso groß wie Gilfea.
»*Ich habe dich geheilt. Ob ich dich gerettet habe, ist eine andere, sehr interessante Frage*«, obwohl Gilfea die Stimme des Drachen nur in seinem Kopf hörte, klang sie deutlich amüsiert. Allerdings hatte sie einen ernsten Unterton angenommen, »*Du kennst dich nicht sonderlich gut mit Drachen aus, oder?*«
»Wieso? Du willst mich doch nicht fressen, oder so?«
Der Drache gab ein gackerndes Geräusch von sich, fast wie das Meckern einer Ziege. Der Drache lachte.
»*Meinst du, du wärst ein guter Appetithappen?*« Der Drache grinste breit und zeigte eine Reihe Furcht einflößender Reiß- und Fangzähne. »*Nein, keine Angst. Erst einmal bin ich primär Vegetarier und fresse grundsätzlich keine vernunftbegabten Wesen und dich ... Nun, ich könnte dir nichts antun, ohne mich selbst zu verletzen.*«
Der Drache entfaltete seine Flügel, richtete sich zu seiner vollen Größe auf und meinte plötzlich mit völlig ernster und feierlicher akustischer Stimme: »Ich bin Mithval, und ich gehöre dir! Du bist Gilfea, und du gehörst mir! Wir sind eins!«
»Was?«, kreischte Gilfea und versuchte Mithvals Worte zu begreifen.
Mithval faltete seine Flügel wieder ein, hockte sich neben Gilfea auf den felsigen Boden und meinte freundlich: »Du wusstest es nicht, oder? Wir Drachen leben in Symbiose mit unseren Partnern, den Drachenreitern. Wir erwählen unseren Partner, wenn wir schlüpfen. Meine Mutter war auf den Weg zur Drachenreiterschule. Sie wollte mich dort als Ei ablegen und ausbrüten. Sobald ich geschlüpft wäre, hätte ich einen Schüler als meinen Partner ausgewählt. So ist der Weg der Dinge. Aber es sollte nicht sein. Meine Mutter wurde von einer vergifteten Drachenjagdharpune getroffen. Sie konnte noch schnell mein Ei legen und es verstecken, denn das Gift begann bereits zu wirken. Es hätte sie nicht umgebracht, aber gelähmt. Den gemeinen Mord haben dann ... Nein, ich will nicht darüber sprechen. Noch nicht.«

Mithval schwieg einen Moment, bevor er fortfuhr: »Dann passierte etwas Unerwartetes. Etwas, mit dem niemand rechnen konnte. Du hörtest meinen Hilferuf. Weißt du, was das bedeutet? Kein normaler Mensch kann einen Drachen in seinem Ei hören. Das können nur Menschen mit reiner und ehrlicher Seele, die obendrein eine Vorbestimmung in sich tragen. Du hast mich gerettet. Ich verdanke dir mein Leben. Hättest du mein Ei nicht neben den Schlot gelegt, wäre ich gestorben.«
»Ich habe dich gehört«, sagte Gilfea leise, »Du hast in meinen Träumen gesungen.«
Mithval drehte seinen Drachenkopf Gilfea entgegen und strahlte ihn freudig an und sprach wieder mit seiner geistigen Stimme: »*Du hast mich wirklich gehört? Das ist fantastisch! Ja, ich habe gesungen, um dich zu beruhigen und dir Kraft zu geben. Du warst so unendlich selbstlos. Wärst du ein Drachenreiterschüler, ich hätte dich sofort erwählt.*«
»Was ist? Du klingst so zögerlich und wirkst unsicher? Du bist ein Drache. Ich dachte, ihr seid selbstsichere Wesen.«
Mithvals Stimme nahm einen leicht schuldigen Klang an: »*Als ich schlüpfte, lagst du im Sterben. Du bist kein Drachenreiterschüler. Du hast dieses Leben nicht freiwillig gewählt. Ich habe für uns entschieden. Ich habe unsere Vereinigung vollzogen und unser beider Leben damit gerettet. Aber zu welchem Preis ...*«
»Wie meinst du das?«, fragte Gilfea unsicher.
»*Gilfea, wir sind eins! Mit der Vereinigung bist du meine Seele geworden! Von jetzt an sind wir aneinander gebunden. Für immer und ewig. Wenn du stirbst, sterbe auch ich. Wenn ich sterbe, stirbst auch du. Wir sind ein Geist, eine Einheit, ein Wesen*«, und mit feierlicher Stimme: »Du bist mein Reiter!«
Gilfea stand auf und drehte sich Mithval zu, verbeugte sich sogar vor dem Drachen. Mit Tränen in den Augen sprach er: »Du hast nichts Falsches getan. Du hast einen Traum für mich wahr gemacht! Mithval, du hast mir ein Geschenk gemacht, das ich in mit Freuden annehme und hoffe, es auch verdient zu haben.«
Plötzlich fühlte Gilfea die tiefe, innere Bindung zu Mithval und ohne die Worte laut auszusprechen, sagte er zum Drachen: »Mithval, lass mich deine Seele sein! Auf immer und ewig!«
Mithval strahlte vor Freude, sprang in die Luft, flatterte eine Weile umher und brüllte mit lauter Stimme: »Juhu, ich habe

einen Reiter!«
»Ähm ...«, meldete sich Gilfea zu Wort, »Bist du zum Reiten nicht etwas ... klein?«
Mithval landete elegant direkt vor Gilfea, senkte seinen Kopf und presste seine Stirn an Gilfeas Stirn. Seine Augen glühten rot und füllten Gilfeas gesamtes Blickfeld aus. Der Junge bekam Angst und traute sich nicht mehr sich zu bewegen. Hatte er den Drachen verärgert?
»*Buh*!«, dachte der Drache und grinste breit, als Gilfea erschrocken zusammenzuckte, »Natürlich bin ich noch zu klein. Ich bin vor nicht mal fünf Stunden aus meinem Ei geschlüpft. Alles braucht seine Zeit. Wir werden noch heute zur Drachenschule fliegen. Dort wirst du zu einem richtigen Reiter ausgebildet. Deine Ausbildung wird gut vier Jahre dauern. Es sind genau die vier Jahre, die ich brauche, um selbst zu voller Kraft und Größe heranzuwachsen.«
»Mithval, was für eine Art Drache bist du eigentlich? Deine Haut ist ganz schwarz, aber ich kenne keine schwarzen Drachen.«
»Ich weiß es nicht. Das ist etwas, was mir meine Mutter nicht verraten hat. Wir werden sehen. Vielleicht weiß man in der Schule, was ich bin.«

Drachenreiter

»Toldin, könntest du einmal erst bleiben?«

»Ich glaube nicht, dass du das möchtest!«

TOLDIN (Drache) und TURONDUR (Seele)

»Zur Drachenreiterschule fliegen?«, Gilfea sah seinen Drachen skeptisch an.
»Sicher!«, die Stimme Mithvals klang amüsiert.
»Und wie?«, Gilfea hatte sich noch nicht daran gewöhnt, dass er auch ohne Worte mit Mithval sprechen konnte.
»Später. Es ist noch tiefe Nacht, und du musst dich erholen. Ich muss mich erholen.«
Gilfea spürte, wie erschöpft und müde er war. Die Aufregung hatte ihn seinen Zustand für einen Moment vergessen lassen. Er schaute seinen Drachen noch einmal an, der nickte ihm auffordernd zu, und Gilfea legte sich auf sein Moosbett. Mithval kam heran, legte sich daneben und breitete einen seiner Arme mit ihrer Flughaut über Gilfea aus.
»Schlafe, Gilfea! Ich werde wachen.«

Das nächste Mal erwachte Gilfea, als die Sonne bereits über die Felsenzinnen des Kessels gestiegen war. Es mochte gut neun Uhr verstrichen sein. Etwas verschlafen richtete er sich auf. Die Schmerzen, die ihn noch vor einem Tag gepeinigt hatten, waren vollkommen verschwunden.
»Guten Morgen, Schlafmütze!«
Gilfea sah sich nach seinem Drachen um und entdeckte ihn, wie der gerade dabei war seine Flügel über den Schloten und Kaminen auszubreiten, um sich die heißen Gase über die Haut streichen zu lassen.
»Guten Morgen, mein Drache!«, rief Gilfea der Echse zu.
»Heute wird ein aufregender Tag. Unsere Freunde werden in einer halben

Stunde hier sein.«
Mithvals geistige Stimme mochte gewöhnungsbedürftig sein, insbesondere wenn er zwischen ihr und seiner akustischen Stimme nahtlos hin- und herwechselte. Sie war aber auch ausgesprochen praktisch. Mithval konnte hoch über dem Kessel seine Kreise ziehen und sich gleichzeitig mit seiner Seele unterhalten.
»*Unsere Freunde?*«, fragte Gilfea und testete seine geistige Stimme.
»*Genau!*«, meinte Mithval belustigt, wollte aber nicht mehr sagen. Stattdessen genoss er es, in den heißen Gasen zu duschen.
Gilfea schüttelte seinen Kopf. Er hatte schon gehört, dass Drachen einen eigenen Humor besaßen. Aber dass er derart eigen war, damit hatte er nicht gerechnet. Überhaupt war dieser Drache anders, als er erwartet hatte. Er war gleichzeitig quirlig aber auch sehr vernünftig. Dass Drachen mit einem voll ausgebildeten Bewusstsein und dem gesamten Wissen ihrer Eltern das Licht der Welt erblickten, war Gilfea bekannt. Ob allerdings dieser ständige leicht amüsierte Unterton bei allen Drachen vorhanden war? Gilfea war sich nicht sicher, aber er vermutete, dass hinter der ganzen Fröhlichkeit wesentlich mehr steckte. Eins war auf jeden Fall klar: Wenn Mithval nichts erzählen wollte, dann würde er auch nichts erzählen. Gilfea musste abwarten, bis die Freunde eintrafen. Wer das auch immer sein mochte.
Die Wartezeit vertrieb sich der junge Drachenreiter damit, seinen Partner genauer zu betrachten. Mithval war schwarz, wirklich schwarz. Seine Schuppen glänzten dunkel in der Sonne. Mithval war dazu übergegangen, ein paar Flugübungen zu machen. Die hatte er auch nötig. Der kleine Drache war keinen Tag alt und fliegen konnte man sein Geflatter wahrhaftig nicht nennen. Immerhin hatte er Spaß an der Sache. Gilfea fühlte es. Überhaupt schien die mentale Verbindung zwischen ihm und Mithval stärker zu werden. Mithval versuchte, die Thermik der Schlote zu nutzen. Zuerst sah es wirklich linkisch aus, wie der kleine Drache zappelte, aber mit der Zeit wurde er ruhiger, die Flugbewegungen gleichmäßiger und seine Bahnen eleganter. Gilfea konnte fast fühlen, wie die Luft über Mithvals Drachenhaut wehte und wie glücklich sein Drache dabei war.

»*Sie sind da*!«, hörte er Mithval in seinem Kopf.
Gilfea sah sich um und tatsächlich, fern am Horizont konnte er eine Handvoll schwarzer Punkte erkennen. Die Punkte kamen schnell näher und wurden größer. Schließlich konnten auch Gilfeas Augen erkennen, was es war. Sieben Drachen flogen in Formation auf sie zu. Sie bildeten ein V, wobei die jeweils äußeren Drachen grüne Grasdrachen waren. Die Innenflanken nahmen je ein roter Drache ein und in der Mitte flog, deutlich größer als die anderen, ein schimmernder Silberdrache.
Gilfea war von diesen Wesen fasziniert. Mit offenem Mund stand er da und folgte staunend ihren Bahnen, bewunderte ihre Flugkünste und die Leichtigkeit, mit der sie durch die Luft zogen, jede Thermik ausnutzend.
»*Sind sie nicht schön?*«, fragte Mithval Gilfea, »*Eines Tages werden wir beide ebenso durch die Luft gleiten. Mit dem Wind spielen und durch die Wolken ziehen.*«
»*Und nur der Himmel und die Sterne werden über uns sein*«, träumte Gilfea.
Dann setzten die sieben Drachen zur Landung an. Gilfea wich zurück, als er sie von Angesicht zu Angesicht sah. Sie waren riesig, selbst die kleinen grünen Grasdrachen waren Furcht einflößend, wenn sie ihre Schwingen ausbreiteten. Aber die beiden roten und der Silberdrache waren eine Kategorie für sich. Turmhoch ragten sie auf. Mit ihren weit abgespreizten Flügeln waren sie breit wie Burgfesten. Doch bei all ihrer Größe bewegten sie sich mit einer Eleganz und Geschmeidigkeit durch die Luft, wie kein anderes fliegendes Wesen.
Alle sieben Drachen legten eine perfekte Punktlandung hin. Gilfea musste aufpassen, dass er nicht stolperte. Die letzten Flügelschläge der Drachen erzeugten soviel Wind im Felsenkessel, dass es ihn fast von den Füßen gefegt hätte. Als sich der aufgewirbelte Staub legte, standen die Drachen unmittelbar vor ihm und schauten auf ihn neugierig, aber auch – typisch für Drachen – leicht amüsiert, herab. Gilfea wusste nicht, was er sagen, denken und wohin er als Erstes schauen sollte. Sein Blick war nach oben gerichtet und wanderte staunend von Drachen zu Drachen.
Mithval kicherte in seinem Kopf.

»Hallo?«, hörte er eine Stimme vor sich. Zu den Füßen eines Drachens stand ein junger Mann von vielleicht 24 Jahren.
»Ich bin Turondur«, stellte er sich vor, »Und dieses silbern funkelnde Monster von einem Drachen ist Toldin.«
Gilfea hätte wetten können, dass der Silberdrache breit grinste.
»Die beiden Grünen links von dir sind die zweieigen Zwillinge Kifirin und Kifilan mit Egmont D'Gal und Johannes. Dann kommt die rote Dame namens Seregsil mit Akira Yamato. Der rote Typ auf der anderen Seite ist Caransil mit Roderick und zum Schluss die beiden Grünen auf der rechten Seite, Lindor und Lindal, ebenfalls Zwillinge mit ihren beiden Seelen Thonfilas und Benedict.«
Alle Reiter waren abgestiegen und standen vor ihren Drachen. Bei jedem Namen, den Turondur aufrief, nickte oder verneigte sich der entsprechende Drache oder Reiter. Gilfea war gleich mehrfach überrascht. Zum einen schien keiner der Reiter älter als Ende 20 zu sein. Alle waren sehr sportlich und schlank. Die Art, wie sie von ihren Partnern kletterten oder vielmehr herabglitten, zeugte von beeindruckender Agilität und Körperbeherrschung. Drachenreiten war vermutlich eine Tätigkeit, die fit hielt.
Eine andere Überraschung war die Verschiedenheit der Reiter. Am meisten überraschte ihn der Name Egmont D'Gal. Ein Gildename. Sicherlich war Egmont kein Graumeister. Nicht, dass er jemals einen Graumeister wissentlich gesehen hätte, kein Mensch außerhalb der Gilde hatte jemals einen gesehen. Trotzdem musste Egmont der Gilde angehören, andernfalls hätte er seinen Gildenachnamen aufgeben müssen. Dies wäre ihm allerdings nur als Novize möglich gewesen.
Benedict und Johannes mussten im Einflussbereich der Technopriesterschaft aufgewachsen sein. Beide trugen schwarze soutanenähnliche Mäntel. Ihre Körperhaltung war aufrecht, fast herrschaftlich.
Akira Yamato kam unverkennbar aus dem Herrschaftsgebiet der U.T.U, der Unabhängigen technologischen Union, was die Frage aufwarf, wie sich Akira mit den beiden technoklerikal geprägten Reitern vertrug.
Die Herkunft Rodericks war einfach zu erraten. Sein feuerroter

Schopf, die helle Haut und sein eher bullig-massiver Körperbau waren typisch für einen Neovikinger.
Und zum Schluss Turondur und Thonfilas. Zwei Elben, wie sie im Buche stehen. Thonfilas war ein klassischer Grauelb, hochgewachsen und langgliedrig. Turondur schien von hochelbischem Geblüt zu sein. Trotz seiner Freundlichkeit und scherzhaften Art umgab ihn eine aristokratische Aura. Gilfea hatte sogar den Eindruck, dass Turondur bewusst dagegen ankämpfte, nicht in die für seine Art typische Arroganz und Herablassung zu verfallen.
»Ähm ...«, stammelte Gilfea, »Der kleine Schwarze neben mir ist Mithval, und ich bin Gilfea.«
Turondur war zweifelsfrei der Anführer der Gruppe.
»Ja, du bist Gilfea«, antwortete Turondur, »Mithval hat Toldin schon alles von euch beiden erzählt.«
»So weit können Drachen miteinander kommunizieren?«, rief Gilfea ganz erstaunt.
»*Yup, und noch ein Stück weiter*«, erklang Mithval in Gilfeas Kopf.
Der kleine schwarze Drache flatterte auf Toldin zu. Neben diesem Giganten sah er klein wie eine Fliege aus. Der große Silberdrache verfolgte die Flugbewegungen aufmerksam. Es sah ganz danach aus, als wenn sich die beiden Drachen miteinander unterhalten würden.
»Turondur, wir sollten schnell aufbrechen. Wir sind auf unsicherem Gelände. Ich habe ein ungutes Gefühl.« Roderick war an Turondur herangetreten. Sowohl er als auch sein roter Drache sahen sich permanent um und überwachten die Gegend.
»Ich kann keine Klerikeraktivität messen – bisher. Aber eine Gruppe wie wir wird ihrem Messnetz kaum entgangen sein«, fügte Benedict Rodericks Bemerkung hinzu und schaute auf einen kleinen Apparat in seiner Hand.
»Maximal fünf Minuten von jetzt. Wir tragen eine Magiewelle der Stufe 7 vor uns her«, kam es von Johannes.
Gilfea verstand nichts und kratzte sich nur am Kopf.
»Okay, Gilfea, du fliegst bei Akira mit. Mithval ist noch zu jung zum Fliegen. Er wird noch viel lernen müssen, bevor er eine Strecke wie die Bevorstehende hinter sich bringen kann. Toldin wird ihn tragen.«

Noch während Turondur sprach, war Akira Yamato zu Gilfea gegangen und hatte sein Handgelenk ergriffen. Mit höflicher und angenehmer Stimme sagte er: »Komm, meine Seri wird uns beide mit Leichtigkeit tragen. Ich helfe dir auf ihren Rücken.«
Die rote Drachendame hatte bereits ihren linken Flügelarm so ausgebreitet, dass Gilfea und Akira ihren Rücken erklimmen konnten. Darauf befand sich ein zweisitziger Aufbau. Akira zeigte auf den vorderen Platz, und Gilfea setzte sich. Ihm war etwas mulmig, schließlich war er noch nie geflogen, schon gar nicht auf einem Drachen.
»Alles in Ordnung bei dir?«, fragte Gilfea seinen Drachen.
Turondur war bereits wieder auf Toldin geklettert, und der Silberdrachen war sofort gestartet. Mit einer fast nicht vorstellbaren Präzision hatte er Mithval mit seinen riesigen Klauen gegriffen und trug den Jungdrachen nun sanft in die Höhe.
»Toldin meint, ich wäre ein lächerliches Fliegengewicht.«
Akira beugte sich zu Gilfea vor, legte ihm eine Hand auf die Schulter und fragte: »Ängstlich?«
Gilfea nickte.
»Ich versteh das. Du bist noch nie mit einem Drachen geflogen, also erschrecke dich nicht, wenn Seregsil gleich abhebt. Es ist schon etwas gewöhnungsbedürftig. Aber habe keine Angst, sie wird niemals zulassen, dass jemand, den sie tragen will, herunterfällt. Nicht war Baby?«
Bei den letzten beiden Worten streichelte Akira über die Schuppen seines roten Drachens. Seregsil drehte ihren Hals und sah Akira an. Gilfea war beeindruckt. Er konnte die enge Bindung zwischen Drachen und Reiter regelrecht spüren. Es war eine Art Intimität zwischen den beiden, die weit über so etwas wie Liebe hinausging.
»*Natürlich geht es über Liebe hinaus*«, meldete sich Mithval in seinem Kopf, »*Die beiden sind ein Wesen. So wie wir beide. Ich bin ein Teil von dir, und du bist ein Teil von mir. Ich will dir keine Angst machen oder dich mit Informationen überfordern. Es wird sicherlich noch ein paar Jahre dauern, sowohl bei dir als auch bei mir, aber eines Tages werde ich mich in eine nette Drachenlady verlieben oder du dich in ein nettes Mädchen oder in ... egal ... auch du wirst dich verlieben. Wenn das passiert, wird der andere*

es fühlen, den ganzen emotionalen Sturm miterleben. Wir sind aneinander gebunden. Aber ich bin glücklich, so wie es ist. Und das nicht nur, weil es der Weg der Drachen ist. Ich bin glücklich, dass du es bist, der meine Seele ist. Ich weiß einfach, dass ich dir immer vollkommen und uneingeschränkt vertrauen kann und weiß auch, dass du es umgekehrt ebenfalls tust. Und keine Angst, du und ich werden jeder soviel private Zeit für uns selber haben, wie wir brauchen. Schließlich werden wir ein paar Jahre zusammenbleiben, so um die 1000.«

»*Wie viel?*«

»*Viele* ...«, kicherte es in seinem Kopf.

Gilfea konnte sich nicht helfen, er begann diesen Drachen zu lieben. So absurd diese Art des Zusammenlebens auch sein mochte, er konnte sich nichts Schöneres vorstellen. Mithval war wie ein großes emotionales Kissen, auf das er sich fallen lassen konnte. Ja, er liebte Mithval.

»*Ich mag dich auch sehr gern, Gilfea!*«

»Aahh ...«, hörte Gilfea Akiras Stimme hinter sich, »Es ist einfach immer wieder süß, zwei frisch Verbundene zu erleben. Du glühst regelrecht. Achtung, es geht los.«

»Oh, Scheiße!«, kreischte Gilfea auf, als sich die rote Drachendame unter ihm in die Lüfte erhob. Zuerst entfaltete sie nur ihre Flügel, aber bereits das wirbelte massenweise Staub auf. Als sie dann aber mit dem ersten Schlag abhob, sackte Gilfea das Herz in die Hose. Vier Flügelschläge weiter, befanden sie sich bereits hoch über dem Kessel. Höher und höher stiegen sie, die anderen Drachen dicht daneben. Gilfea krallte sich an seinem Sattel fest und hielt den Atem an. Plötzlich hörte die Aufwärtsbewegung auf und ging in einen Gleitflug über. Gilfea schaute sich vorsichtig um. Die Drachen hatten die gleiche Formation eingenommen, wie bei ihrer Ankunft. Links und rechts außen waren die grünen Drachenzwillinge gefolgt von den roten Drachen und in der Mitte war Toldin, der Silberdrache.

Gilfea sah, wie sich Turondur nach links und rechts umschaute, dann beugte er sich vor und streichelte den Hals seines Drachens. Toldin begann sich zu strecken, die anderen Drachen folgten dem Vorbild.

Und dann ging es los. Das ganze Drachengeschwader setzte sich in Bewegung. Von einer Sekunde zur anderen schossen sie vorwärts und jagten los. Der Wind pfiff Gilfea um die Ohren. Mit unglaublicher Geschwindigkeit flogen sie über die Lande. Das heißt, eigentlich flogen sie nicht, sie glitten durch die Luft. Je länger der Flug dauerte, desto ruhiger wurde Gilfea. Er begann sich sicher zu fühlen. Jede Kurve, die Seregsil flog, jede Lageänderung war sanft und sicher, sodass Gilfea sich immer wohler fühlte. Außerdem war der Ausblick einfach atemberaubend. Wälder, Flüsse, Wiesen, Seen und Hügel rauschten unter ihnen vorbei. Es war einfach fantastisch. Der Gedanke, später selbst, zusammen mit Mithval, über die Welt zu fliegen, ließ Gilfeas Herz höher schlagen.

»*Es macht dir Spaß zu fliegen?*«

»*Ja, es ist der totale Wahnsinn!*«

»Eines Tages werden du und ich, wir beide, zusammen fliegen!«, Mithvals Stimme klang glücklich.

Die Zeit verging. Seid ihrem Abflug waren gut zwei Stunden vergangen. Bei ihrer momentanen Fluggeschwindigkeit mussten sie Hunderte Kilometer zurückgelegt haben. Sie glitten gerade durch ein Tal, das von zwei sehr hohen Gebirgsketten gesäumt war, als Gilfea ein ungutes Gefühl beschlich. Er sah sich um und entdeckte weit voraus, etwas links von ihrer Flugrute, einen dunklen Streifen, der sich entlang eines Flusses zu ziehen schien.

»*Mithval, was ist das da vorne?*«

Es vergingen drei Sekunden, dann kam eine Reaktion. Die gesamte Staffel legte sich in eine scharfe Rechtskurve und nahm einen Kurs direkt entgegengesetzt zu dem von Gilfea entdeckten dunklen Steifen.

»*Orks!*«, brüllte Mithval in Gilfeas Schädel, »*Es ist ein ganzes Orkheer. Und wenn Benedict und Lindal recht haben, sind Drachenjäger unter ihnen.*«

»*Es sind Drachenjäger, oder besser Drachenmörder, im Heer. Caransil und Roderick übernehmen die Führung. Wir müssen jede Konfrontation vermeiden. Gilfea und Mithval sind um jeden Preis zu schützen! Freunde, die Situation ist ernst. Ihr wisst, was auf dem Spiel steht!*«

Es war eine mächtige Stimme. Kräftig, voluminös und sehr majestätisch. Gilfea wusste sofort, dass es Toldin, der Silberdrache war, der zu ihnen sprach. Und noch während er sprach, schoss Carasil, Rodericks roter Drache, voraus und übernahm die Führung. Gilfea wunderte sich, warum Toldin so aufgeregt war, bis die ersten Jagdlanzen an ihnen vorbei flogen und sie nur um Haaresbreite verfehlten.

»Vergiftete Mark IV Jagdlanzen mit heisenbergkompensierten Multiphasenmagiesuchköpfen. Schneller! Flieht! Freunde, rettet euch! Flieht!«

Transformation

Tote Krieger trinken keinen Met
Leitsatz 17 des Ordens der Neovikinger

Die Drachen mussten zeigen, was wirkliches Fliegen hieß. Mit einem Ruck fetzten sie los. Was Gilfea vorher als schnell empfunden hatte, war gegen die Geschwindigkeit, mit der sie jetzt flogen, fast Stillstand. Der junge Drachenreiter krallte sich an seinem Sattel fest. Die Drachen wurden so schnell, dass er keine Zeit hatte, Angst zu bekommen.
»*Warum fliehen wir?*«
»*Toldin meint, das Risiko wäre zu groß. Sie könnten nicht gleichzeitig uns schützen und kämpfen.*«
Die Reichweite der Jagdlanzen entsprach den Möglichkeiten der Drachen. Mit anderen Worten, die Lanzen konnten einen Drachen einige Hundert Kilometer verfolgen. Die einzige Chance, nicht getroffen zu werden, bestand in drei Möglichkeiten. Entweder schneller zu sein als die Lanzen, ein unerwartetes magisches Manöver, beispielsweise eine Transformation durch Drachenfeuer, oder der Flug zwischen den Welten.
Zwischen den Welten zu fliegen, die Technopriester nannten es unromantisch und wenig korrekt »Hyperraumflug«, schloss sich aus, da weder Gilfea noch Mithval die Erfahrung ohne vorheriges Training mental und physisch verkraftet hätten.
Aber auch die anderen beiden Optionen hatten ihre Einschränkungen. Mit »konventioneller« Maximalgeschwindigkeit zu fliegen war ermüdend, auch für einen Drachen, und ließ sich damit nicht unbegrenzt durchhalten. Magie wiederum bedurfte der mentalen Vorbereitung.
Die Situation war ernst. Die Drachengruppe wurde von drei Jagdlanzen verfolgt, und der Abstand nahm, wenn auch langsam, ab.
»*Ausweichmuster Rumpelstilzchen!*«, schallte es plötzlich in Gilfeas Kopf.
Die Drachen brachen ihre Formation auf. Bis auf Toldin und Seregsil, die weiter geradeaus aber hintereinander flogen, bogen

die restlichen fünf Drachen sternförmig ab und zogen eine weite Kurve, bei der sie die drei Lanzen ins Visier nahmen. Die Lanzen schienen diesen Angriff von der Seite nicht zu bemerken, denn sie folgten stur Toldin. Plötzlich flammte ein grelles Licht auf, das selbst die Sonne überstrahlte. Fünf Drachen hatten ihr Feuer zu einer Feuerkugel vereinigt, die die drei Lanzen einhüllte. Eine gute Attacke, aber nicht gut genug.
Zwei der Lanzen konnten der geballten magischen Energie nicht widerstehen und verwandelten sich in eine 10 Meter große Zahnbürste und in einen Regen aus Rosenblättern. Die dritte Lanze entkam und hielt nach wie vor auf Toldin zu. Gilfea sah mit panischem Blick, dass die Lanze immer näher kam. Er stutzte, die Lanze hielt nicht auf Toldin zu, sie zielte ein Stückchen tiefer – direkt auf Mithval.
Ängstlich sah Gilfea zu Toldin. Wie lange konnte er dieses mörderische Tempo wohl noch durchhalten? Wurde er nicht bereits langsamer? Toldin flog verschiedene Ausweichmanöver, aber die Lanze kroch weiter auf ihn zu. Der Abstand wurde immer geringer. Ein blau-graues Glänzen an der Spitze ließ Gilfea ahnen, welchem Geist diese Waffe entsprungen war.
Noch wenige Sekunden. Gilfea wollte schon seine Augen schließen, als plötzlich ein grüner Drache von unten angeschossen kam und die Lanze rammte. Der Kampfkopf explodierte. Teile der Explosionswolke hüllten den grünen Drachen ein. Gilfea hörte einen Schrei, der ihm Tränen in die Augen trieb. Er konnte den Schmerz des Drachens fast fühlen. Der grüne Drache ging runter.
»*Green dragon down*!«
Die übrigen Drachen folgten. Sekunden später waren sie neben dem getroffenen Wesen gelandet. Es war Lindor. Thonfilas, seine Seele und sein Partner, kniete neben ihm.
»*Er wird doch nicht ...?*«, dachte Gilfea den schrecklichen Gedanken nicht zu Ende.
»*Nein, die Lanzen sind nicht tödlich, jedenfalls nicht für einen ausgewachsenen Drachen. Aber sie sind lähmend. Glücklicherweise wurde Lindor nur von einem Teil des Giftes getroffen. Und außerdem ist Thonfilas ein besonderer Elb. Er ist ein Heiler*«, erklärte Mithval seiner Seele.
Gilfea konnte nicht anders, er musste zu Lindor und Thonfilas.

Seregsil spürte sofort, dass Gilfea von ihm herab klettern wollte, und streckte ihren Flügel aus. Kaum abgestiegen, war er auch schon bei Lindor. Thonfilas hatte seine Augen geschlossen und beide Hände auf die Haut seines Drachens gelegt. Seine Hände glühten golden auf, pulsierten und schickten Wellen desselben Glühens über den gesamten Drachen.

»Ihr habt euch für uns opfern wollen!«, Gilfea war von soviel Selbstlosigkeit überwältigt und den Tränen nahe. Dass sich jemand freiwillig für ihn oder Mithval opferte und dafür Schmerzen erlitt, sprengte sein Vorstellungsvermögen.

»Du kannst ihn berühren.«

Gilfea folgte Mithvals Rat und legte ebenfalls beide Hände auf Lindor. Kaum hatte er den Hautkontakt hergestellt, lief ein Schauer durch ihn. Gilfeas Tränen schwollen zu Sturzbächen an. Dieser arme Drache und sein Reiter waren ohne zu zögern vor eine Lanze geflogen, die für ihn oder besser für Mithval bestimmt war, und dafür litt Lindor unter wahren Höllenqualen. Die Lanze lähmte nicht nur, sie war Schmerz pur.

›Wenn ich nur einen Teil der Schmerzen mit Lindor teilen könnte‹, wünschte sich Gilfea und, als wenn dieser Wunsch eine Tür in seinem Geist aufschloss, wusste er, dass er genau das konnte. Gilfea öffnete sich. Ganz langsam und vorsichtig ließ er Lindors Schmerz auf sich hinübergleiten.

Es begann in seinen Händen, ein Gefühl, als würden sie in Flammen stehen. Der Schmerz war jenseits von allem, was sich Gilfea vorstellen konnte. Die Erträglichkeitsgrenze war weit überschritten, trotzdem öffnete sich Gilfea weiter.

»Ahhhhhhhhhhhh!«, brüllte er auf, als ihn die volle Kraft der Giftwirkung traf. Jede Nervenfaser in seinem Körper schien in hellen Flammen zu stehen. Das war zu viel. Gilfea sackte zu Boden. Sein Blick vernebelte sich. Er verlor sein Bewusstsein. Dunkelheit hüllte ihn ein.

»Mithval!«

»Ich bin hier!«, hörte er die warme, irdene Stimme seines Drachens und Freunds. Und als er sie hörte, war er, trotz der Schmerzen, glücklich. Die Schmerzen würden vergehen, Mithval würde bleiben.

»Er kommt zu sich!«, waren die ersten Worte, die Gilfea vernahm, als er wieder erwachte.
Er brauchte eine Weile und ein gutes Stück Mut, um seine Augen zu öffnen. Seine Lider fühlten sich schwer wie Blei an. Vorsichtig schaute er aus schmalen Schlitzen hervor und betrachtete seine Umwelt. Bloß keine übereilten Aktionen, die er später bereute! Das Umgebungslicht war gedämpft. Gilfea wagte seine Augen ganz zu öffnen. Bis auf ein leichtes Ziehen in seiner Stirn verlief das Augenöffnen dann doch recht erfolgreich. Trotz der Kopfschmerzen schaute sich Gilfea um. Das erste, was er sah, war, dass er in einem richtigen Bett lag. Weich, weiß und mit flauschiger Decke. Das Bett befand sich in einer Art Nische. Obwohl »Nische« vielleicht nicht das richtige Wort war, da diese Nische die Dimension eines großzügigen Zimmers besaß. Doch statt vier Wänden, wie bei normalen Räumen üblich, fehlte diesem Zimmer eine Wand. Stattdessen eröffnete sich der Blick in eine hohe, weite Halle. Immerhin, zwischen der Halle und dem Raum hing ein Vorhang, den man bei Bedarf zuziehen konnte.
Neben dem Bett standen die beiden Elben Thonfilas und Turondur und sahen Gilfea an. Weiter hinten in der Halle hockten die Drachen Toldin, Lindor und Mithval und schauten ebenfalls zu Gilfea.
»Hallo«, krächzte Gilfea.
»Danke, Freund! Ich stehe tief in deiner Schuld. Wir alle stehen tief in deiner Schuld. Diese Schmerzen auf sich zu nehmen, war wirklich selbstlos. Noch nie hat ein Mensch, nicht mal eine Seele, solch eine Tat vollbracht«, bedankte sich Lindor.
»Halb so wild. Ich bräuchte nur eine Kopfschmerztablette. Du und deine Seele, ihr steht nicht in meiner Schuld. Ich sehe das eher umgekehrt. Ich steh in eurer Schuld. Ihr habt euch für Mithval und mich geopfert und die Lanze abgefangen. Deine Qualen zu lindern, war das Mindeste, was ich tun konnte. Ich täte es jederzeit wieder.«
Lindor schaute mit seinem Drachenkopf zu Mithval und Toldin.

Alle drei Drachen wackelten mehr oder minder stark und abwechselnd mit ihren Köpfen. Es war klar, dass die drei sich unterhielten. Plötzlich grinsten sie, sagten aber nichts.
Dafür sprach Turondur: »Du weißt es nicht, aber vermutlich hast du uns alle gerettet. Thonfilas hätte zwar Lindors Lähmung heilen können, aber die Schmerzen hätten ihn trotzdem für Stunden flugunfähig gemacht. Das ist eine der Wirkungsweisen dieser teuflischen Lanzen. Sie sollen den Drachen so lange lähmen und am Boden halten, bis die Jäger eintreffen und ihn abschlachten können. Und die Jäger wären gekommen! Es war Kardinal Adas Heer, das uns verfolgte. Ein Name, der einem Todesurteil gleichkommt. Um nicht selbst in Gefahr zu kommen und um Mithval und dich zu schützen, hätten wir Lindor und Thonfilas zurücklassen müssen. Doch das hätte uns gebrochen. Wir sieben stehen uns sehr nah, wir sind miteinander verbunden. Diese Bindung ist zwar bei Weitem nicht so stark und eng, wie zwischen Drache und Seele, aber sie ist uns ähnlich wichtig. Wenn du dich also fragst, warum sich Lindor und Thonfilas geopfert hätten, um Mithval und dich zu retten, dann deswegen, weil ihr zwei sehr wichtig seid.«
»Du meinst Mithval, wenn er ausgewachsen ist?«
»Nein ...«, Turondur war entsetzt, »Glaubst du, uns ist ein Drache wichtiger als ein Mensch oder Elb? Selbst wenn du nicht die Seele deines Drachen wärst, wärst du uns lieb und teuer. Du solltest nicht alles auf Mithval reduzieren. Du bist genauso wichtig wie er. Ihr zwei seid eins! Und unabhängig von dem, was möglicherweise noch aus euch werden wird, hat dein Verhalten uns alle davon überzeugt, dass ihr zwei jedes Opfer wert seid.«
Gilfea fühlte sich müde. Die indirekte Wirkung der Lanze steckte ihm immer noch in den Knochen. Er gähnte und schenkte dem Zimmer einen zweiten Blick. Es schien nicht nur einfach ein Raum mit einem Bett zu sein, sondern eine Art Wohnung. Neben dem Bett gab es auch eine Sitzgruppe, einen Schreibtisch mit Datenplatte und ein kleines Bücherregal. Was Gilfea nicht sah, was aber von der großen Halle aus erreichbar war, waren eine Küche und ein Bad. Die ganze Einrichtung war in Grün- und braunen Holztönen gehalten. Alle Einrichtungsgegenstände hatten ein organisches, sehr natürliches Design und verströmten

eine warme Gemütlichkeit.
»Wo bin ich?«
»In Lindors und meiner Wohnung«, antwortete Thonfilas.
»Eure Wohnung?«, fragte Gilfea nach.
»Ja. Lindor und ich teilen uns diese Drachenhöhle. Du bist in Daelbar, unserer Stadt.« Thonfilas nahm einen Stuhl und setzte sich neben Gilfea ans Bett, »Vielleicht solltest du noch ein wenig schlafen. Du bist immer noch geschwächt.«
Gilfea sah sich unsicher um. Trotz der behaglichen und freundlichen Umgebung fühlte er sich einsam.
»*Hey, Kleiner, ich bin ganz in deiner Nähe. Du bist nicht allein. Wir sind nicht allein! Wir sind bei Freunden!*«, erklang Mithvals Stimme.
»Ich denke auch, du solltest dich noch ein wenig erholen und ausruhen«, meinte Turondur zu Gilfea und wandte sich an Thonfilas, »Kann er eine Weile bei dir bleiben?«
»Natürlich! Solange wie er will und muss.«
»Gut.« Turondur nickte zufrieden und wandte sich wieder an Gilfea: »Ich werde euch jetzt verlassen. Ich muss den Vorfall mit den anderen im Rat besprechen. Thonfilas wird sich um dich kümmern und dir, wenn du dich erholt hast, alles erklären, was du wissen willst. Bis bald.«
Mit diesen Worten verließ Turondur das Zimmer, ging zu Toldin, seinem Drachen, streichelte ihm versonnen über die Flanke und kletterte hinauf. Mit einem Satz war der Drache verschwunden.
»Beeindruckend«, meinte Gilfea.
»Ja, Toldin ist wirklich ein beeindruckender Drache. Ich bin stolz und glücklich mit ihm und Turondur befreundet zu sein.« Thonfilas Augen leuchteten vor Respekt und Verehrung, aber dann ging sein Blick zu Lindor.
»Aber selbst wenn ich eine Wahl zwischen Lindor oder Toldin gehabt hätte, ich hätte mir immer nur Lindor gewünscht, meinen grünen Drachen und Freund.« Bei diesen Worten war der respektvolle Ausdruck aus Thonfilas Augen verschwunden, denn er wurde von einem viel tieferen Ausdruck der Liebe abgelöst.
»Hier, trink das. Es wird deinem Körper helfen, sich zu erholen.« Thonfilas hielt Gilfea einen Becher mit einer kühlen, erfrischend riechenden Flüssigkeit hin. Etwas skeptisch nahm er den Becher

entgegen, zögerte einen Moment, um dann doch die gesamte Flüssigkeit auszutrinken. Sie schmeckte mindestens so erfrischend, wie sie roch. Sie prickelte ein wenig und kitzelte in der Nase, dass Gilfea niesen musste. Zu seiner Überraschung waren seine Kopfschmerzen dafür fast vollständig verschwunden.
Gilfea sah in die große Höhle. Mithval spielte mit Lindor. Fröhlich umflatterte er den großen Grasdrachen, und beide schienen sich prächtig zu amüsieren. Mit diesem Eindruck gab Gilfea seiner Müdigkeit nach und fiel in einen tiefen erholsamen Schlaf.

Daelbar

Das Feuerspeien ist nur in den speziell gekennzeichneten Drachenfeuerschutzbereichen gestattet.

Hinweisschild am Einflugtor von Daelbar

Als Gilfea das zweite Mal erwachte, waren seine Kopfschmerzen vollkommen verschwunden. Auch seine Augen schmerzten nicht mehr. Er richtete sich in seinem Bett auf und sah sich um. Der Vorhang zur Drachenhalle war zugezogen. Thonfilas saß an seinem Schreibtisch und betrachtete eine holografische Projektion, deren Inhalt Gilfea aus der Entfernung aber nicht erkennen konnte.

»Ich dachte, Elben mögen keine Technik.«

Thonfilas drehte sich zu Gilfea um und musterte ihn aufmerksam. Nach ein paar Sekunden erhellte sich sein Blick und er schaute zufrieden aus, als er auf Gilfeas Bemerkung antwortete.

»Die Technik an sich ist nicht das Problem. Es ist eine bestimmte Art der Verwendung, die uns missfällt.«

Thonfilas stand auf und setzt sich auf einen Hocker neben dem Bett.

»Es freut mich, dass es dir besser geht. Willst du etwas essen?«

Wie aufs Stichwort knurrte Gilfeas Magen.

»Damit erübrigt sich wohl eine Antwort«, meinte Gilfea, »Wie lange habe ich geschlafen?«

»Von dem Zeitpunkt, an dem du die Besinnung verloren hattest, bis zu deinem ersten Erwachen sind zwei Tage vergangen. Das war gestern Nachmittag. Jetzt ist es acht Uhr morgens.«

Gilfea rechnete nach. »Dann habe ich seit fünf Tagen nichts mehr gegessen und bis auf den Becher gestern Nachmittag auch nichts getrunken. Warum lebe ich noch?«

Thonfilas lächelte nachsichtig. »Man merkt, dass du nicht in einer Drachenreiterschule warst. Mithval hat dich versorgt. Es hat ihn zwar einiges an Kraft gekostet, aber seit ihr hier seid, hat er für zwei gefuttert. Denk immer dran, ihr seid jetzt ein Wesen. Und obwohl ihr nicht körperlich wirklich eins seid, ist eure

Bindung fast so.«
»Mithval!«, durchzuckte es Gilfea, »Wo ist er?«
»Ich bin hier, Kleiner!«, tönte es sofort in seinem Kopf, *»Ich bin bei Lindor, der mir die Stadt zeigt. Er ist ein toller Drache!«*
Beruhigt lehnte sich Gilfea zurück, »Ich glaube, ich sollte mich waschen, und ich bräuchte auch etwas zum Anziehen.«
»Du findest alles, was du brauchst, im Badezimmer. Die zweite Tür rechts«, antwortete Thonfilas und zeigte auf die Halle, »Mach dich frisch, und wenn du zurück bist, gibt es ein gutes Frühstück. Vorausgesetzt, du magst elbische Speisen.«
Da Gilfea keinerlei Erfahrung mit der elbischen Küche besaß, zuckte er nur mit den Schultern. Dann sprang er aus dem Bett und begab sich ins Bad. Da er weniger müffelte, als er erwartet hatte, vermutete er, dass man ihn während seines langen Schlafs gewaschen hatte. Trotzdem war eine warme Dusche genau das, was er brauchte. Er stellte sich unter die Brause und ließ das Wasser über sich laufen. Während das warme Nass seine Haut und seine Haare benetzte, entdeckte Gilfea auf einer kleinen Ablagefläche eine Flasche, die neben allerlei elbischen Schriftzeichen auch mit »Shampoo« beschriftet war. Gilfea griff zu.
»Jau!«, japste er auf. Thonfilas hätte ihn warnen sollen! Das elbische Shampoo war wie ein Energy-Power-Drink von außen. Es fühlte sich nicht nur so an, als wenn der gesamte Schmutz der letzten Jahre von Gilfea abgewaschen würde, sondern auch gleichzeitig so, als wenn man seine Haut und seine Haare mit hypervitalisierender Energie auflud, Erektion inbegriffen. Das Zeug hatte es in sich.
Hellwach und energiegeladen kam Gilfea zurück in Thonfilas Wohnzimmer.
»Ah, du hast mein Shampoo entdeckt.« Ein hinterhältiges Grinsen umspielte die Lippen des Elben.
»In der Tat, du Schuft!«, grinste Gilfea zurück.
»Ohhh, war es so schlimm?« Thonfilas zog einen Stuhl vom Esstisch zurück und zeigte auf den freien Platz, »Komm, das Frühstück ist fertig.«
Das Frühstück war ... anders. Eindeutig elbisch. Was Gilfea für Milch hielt, schmeckte zwar nach Milch, aber auch nach mehr.

Der Duft eines Hauchs Honigs stieg Gilfea genau so in die Nase, wie die Spur einer fruchtigen Säure, etwa einer Orange. Die Milch schmeckte köstlich. Das Brot war gleichzeitig luftig, würzig, leicht und gehaltvoll. Der Brotbelag, der eindeutig vegetarisch, wenn auch nicht vegan war, duftete so, dass ihm das Wasser im Mund zusammen lief. Und obwohl alles mehr als fantastisch schmeckte und man denken könnte, dass man von dieser elbischen Nahrung nie genug bekommen würde, war Gilfea plötzlich satt.

»Wo bin ich eigentlich?«, fragte Gilfea, nachdem er den letzten Bissen zu sich genommen hatte.

»In Daelbar«, antwortete Thonfilas, »Aber das ist wohl nicht, was du wissen wolltest, oder?«

»Ja und Nein. Daelbar? Der Name ist gestern schon gefallen.«

»Daelbar, das ist unser Zuhause. Meins, Turondurs, auch aller Reiter, die du kennengelernt hast und noch vieler mehr. Es ist jetzt auch dein und Mithvals Zuhause.«

Daelbar, so erklärte Thonfilas, war die Heimstadt der Drachenreiter. Ihre Trutzburg, Versammlungsstätte, Schule und Ort der Erholung. Eine Stadt und weit mehr als eine Stadt, eine kleine Welt des Friedens in einer magiefeindlichen Welt. Nur hier waren die Drachen und ihre Seelen absolut sicher. Kein Fremder durfte das kleine Drachenreich betreten. Die absolute Unverletzlichkeit und Autonomie Daelbars war durch den 7. Multilateralvertrag gesichert. Selbst die Päpstin der unifizierten Technokratie, Paula-Sylvestra II, respektierte das Vertragswerk und erkannte es als gültig und verbindlich an. Im Allgemeinen scherte sich die Päpstin und die Kurie wenig um Verträge, allerdings war der 7. Multilateralvertrag, wie alle Multilateralverträge, auf Druck der Gilde entstanden. Und selbst die Päpstin wagte es nicht, zumindest nicht offen, gegen die Graumeister der Gilde vorzugehen.

»Komm, ich zeige es dir!«, meinte Thonfilas und packte Gilfea mit seinen langen Elbenfingern am Handgelenk. Mit sanfter, aber nachdrücklicher Kraft zog der Elb den Jungen mit sich mit. Halb laufend, halb stolpernd folgte Gilfea. Nachdem sie das Wohnzimmer verlassen hatten, durcheilten sie die Halle in der Toldin lebte. Sie war hoch und breit genug, dass der Drache

seine Flügel ausbreiten konnte. Mindestens so beeindruckend wie die Halle selbst, war ihr Tor. Ein riesiges Hangartor, das, sich in der Mitte teilend, zu beiden Seiten weggleiten konnte und eine entsprechend große Öffnung freigab. Gilfea und Thonfilas traten ins Freie. Dem Tor vorgelagert erstreckte sich eine Startrampe, die über einen Abhang hinaus reichte. Gilfea tastete vorsichtig bis zu ihrem Rand vor.
Und dann sah er die Stadt. Daelbar - das Drachenheim.
Die Stadt bestand aus einer Reihe von Hängen und Bergen, an deren Flanken sich Drachenhöhle um Drachenhöhle schmiegte. Jede war in erster Linie eine große Kuppel mit einem Tor und einer Startrampe, die jeweils über eine der Klippen herausragte. Die Klippe selbst war, abgesehen von den Rampen, mit einer Mauer begrenzt, vermutlich damit niemand aus Versehen herunterstürzen konnte. Von den Kuppeln gingen kleine Gebäude ab, die die Wohnungen der Drachenseelen beherbergten. Zwischen den Höhlen war das Gelände mit Gassen und Wege durchzogen. Die Hauptwege wurden von ringförmigen Straßen geschaffen, die sich wie Terrassen an die Berge schmiegten. Der Anblick war atemberaubend. Gilfea schaute sich weiter um. Am Grund des Talkessels lag ein großer See, in dem sowohl Drachen als auch Menschen badeten. Auf dem höchsten Berg meinte Gilfea hingegen, eine riesige Halle mit goldenem Dach erkennen zu können. Aber am meisten beeindruckte ihn das Leben. Daelbar wimmelte von Leben. In den Gassen herrschte ein munteres Treiben. Kleine und große Wagen, vom Eselkarren bis zum Lastgleiter, fuhren hin und her. Aber nicht nur am Boden tobte Geschäftigkeit, auch der Luftraum war erfüllt von reichlich Verkehr. Gilfea sah, wie vor einer großen Lagerhalle ein Lastgleiter landete. Zwischen zwei weiter entfernten Bergen konnte er eine Staffel Drachen Formationsflug üben sehen. Und auch zwischen den Bergen und Hügeln gab es intensiven Flugbetrieb. Trotz der ganzen Geschäftigkeit wirkte alles wohl geordnet und geplant. Die ganze Stadt schnurrte wie ein perfekt eingestelltes und gewartetes Uhrwerk.
Thonfilas zeigte mit seiner Hand auf die goldene Kuppel: »Das ist die Ratshalle von Daelbar. Dort wollen wir hin.«

»Zu Fuß?«
Die Halle war nicht weit entfernt, höchstens ein oder zwei Kilometer. Allerdings müsste man zu Fuß erst einmal den Berg, auf dem sich Gilfea befand, Richtung Tal herabklettern, einen kleinen Hügel überwinden, um anschließend den Berg mit der goldenen Kuppel zu erklimmen. Jener Weg wäre deutlich weiter als zwei Kilometer, und wenn man die ganzen Höhenmeter betrachtete, auch wesentlich anstrengender. Doch bevor sich Gilfea noch Sorgen machen konnte, schoss ein grüner Drache von unterhalb der Klippe empor und landete elegant auf der Startrampe. Neben ihm flatterte Mithval heran.
»*Zu Fuß? Willst du Lindor beleidigen?*«, Mithval klang wie immer amüsiert.
»*Wow!*«, entfuhr es Gilfea, als er seinen Drachen sah, »*Bist du das wirklich?*«
»*Yap*«, tönte es in Gilfeas Kopf. Der Stolz in Mithvals Stimme war nicht zu überhören.
Mithval war gewachsen. War er bei der ersten Begegnung mit Gilfea ungefähr gleich groß, hatte sich die Größe des Drachen während Gilfeas Genesung kurzerhand verdoppelt. Natürlich sah Mithval neben Lindor immer noch niedlich klein aus, aber bei seinem Wachstum war es nur noch eine Zeit, wann er mit dem Grasdrachen gleichziehen würde.
»Komm!«, tönte Lindor und breitete seinen rechten Flügel aus, um Thonfilas und Gilfea aufzunehmen, »Wir werden bereits erwartet.«
Kaum hatten sich Gilfea und Thonfilas auf dem Rücken des Drachen niedergelassen, hob dieser auch schon ab. Das heißt, nicht ganz. Er breitete seine Schwingen aus und stürzte sich von der Startrampe. Gilfea zog es den Magen zusammen. Der Drache sauste immer schneller und tiefer und, als Gilfea schon dachte, sie würden unweigerlich den Boden rammen, beschrieb die Flugbahn eine scharfe Kurve und jagte in die Höhe.
»Jau!«, kreischte der junge Drachenreiter und *hörte* ein Schmunzeln in seinem Kopf.
Lindor stabilisierte seine Fluglage. In lang gezogenen Kreisen und mit minimalen Korrekturschlägen seiner Flügel schraubte er sich immer höher in die Luft. Dabei nutzte er, wie alle Drachen,

sehr geschickt die Thermik aus, die in Daelbar mit seinen vielen Hügeln und Bergen reichlich vorhanden war. Als er ausreichend Höhe gewonnen hatte, flog er eine elegante Kurve und hielt direkt auf die goldene Halle zu.

Je näher sie kamen, desto mehr staunte Gilfea über die Größe der Ratshalle. Von Thonfilas und Lindors Höhle aus gesehen, war die Kuppel groß gewesen. Aus der Nähe war sie gigantisch. Allein ihr Tor sprengte alles, was er bisher gesehen hatte. Die Ratshalle nahm die gesamte Spitze des Berges ein. Hier schien man ein Plateau geschaffen und die Halle direkt darauf errichtet zu haben. Soweit Gilfea das sehen konnte, gab es keinen direkten Fußweg in den Rat, denn ringsherum fiel der Berg fast senkrecht zu allen Seiten ab. Erst etwa zweihundert Meter tiefer ließen sich weitere Bauten erkennen.

Lindor landete auf der Startrampe der Halle, die weit über den Abgrund hinausragte. Wenige Meter weiter und etwas weniger elegant, kam Mithval angeflattert. Gilfea stieg von Lindor herab und lief zu seinem Drachen. Aus einem Impuls heraus, den sich Gilfea selbst nicht erklären konnte, umarmte er Mithvals Hals. Eine Welle starker Emotionen überwältigte ihn.

»*Hey, Kleiner, alles in Ordnung?*«, beschützend bedeckte Mithval Gilfea mit seinem Flügel.

»Ja, jetzt ist alles in Ordnung.« Gilfea schaute zu Mithval hoch und antwortete mit seiner normalen Stimme, »Ich weiß auch nicht, aber plötzlich überwältigten mich meine Gefühle.«

Thonfilas war ebenfalls von Lindor herabgeklettert, gab seinem Drachen einen Klaps an die Flanke und ging auf Gilfea zu: »Alles okay?«

Gilfea nickte. »Ja, es war ...«

»Ein Gefühlssturm ... Ich weiß ...«, Thonfilas nickte wissend, »Es ist dieser Ort. Es sind die Drachen. Du weißt, dass die Drachen magische Wesen sind. Hier, an diesem Ort, kann die Magie auf empfängliche Personen überwältigend wirken. Du bist empathisch begabt. Das hast du beweisen, als du Lindors Schmerzen auf dich übertragen hast.«

Bei sich selbst dachte Thonfilas: ›So langsam beginne ich Turondurs Vermutung zu glauben.‹

»Und jetzt?«, fragte Gilfea.
»Gehen wir hinein«, antwortete Thonfilas.

Der Rat Daelbars war in vielerlei Hinsicht eine Sache für sich. Gilfea und Thonfilas durchschritten das Tor, Lindor durchflog es und Mithval flatterte fröhlich hinterher. Schon das Tor war beeindruckend, war es doch breit und hoch genug, dass selbst der größte Drache hindurchfliegen konnte. Hinter dem Tor befand sich ein ähnlich breiter und hoher Gang, der in den eigentlichen Ratssaal führte.
Der Ratssaal war ein Anblick, den Gilfea auf sich wirken lassen musste. Als er, Mithval, Lindor und Thonfilas den Gang verließen, standen sie mitten im Zentrum eines überdimensionalen Plenarsaals. Der Weg führte von der Seite ins Plenum, welches halbkreisförmig mit steil ansteigenden Rängen versehen war. Die Struktur schien für Ansprachen und Diskussionen entworfen zu sein. In der Mitte des Raums befand sich ein Rednerpult. Eigentlich waren es zwei, nämlich eines für Drachen und eines für Zweibeiner. Die Längsseite säumten drei Reihen Sitzränge, ebenfalls für Drachen und Zweibeiner konzipiert waren. Wie Gilfea bald erfuhr, waren dies die Ränge der Schriftführer, Sekretäre und der Ratsvorsitzenden. Gegenüber der Längsseite befanden sich die halbkreisförmigen Reihen der Ratsmitglieder.
Der Rat von Daelbar war eine auf Konsens angelegte legislative Versammlung. Mit anderen Worten: Er verabschiedete die Gesetze Daelbars. Parteien, wie in anderen Ländern oder Reichen, gab es nicht, weil nur einstimmige Entscheidungen gültig waren. Diese Art der Gesetzesfindung war etwas, worin sich Daelbar deutlich von anderen Demokratien unterschied, von den Monarchien und Diktaturen gar nicht erst zu reden. Natürlich war dieser Zwang zur Einigung zuweilen recht steinig und von Zeit zu Zeit sogar ausgesprochen quälend und nervenaufreibend. Dafür wurden die Daelbaner aber mit einem erstaunlichen inneren Frieden gesegnet. Streitigkeiten zwischen den verschiedenen Bevölkerungsgruppen gab es im Grunde nie.

Zuerst war Gilfea überrascht, dass nicht nur Drachenreiter und ihre Drachen Ratsmitglieder waren. Später fragte er sich, wie er überhaupt auf diesen Gedanken gekommen war. Schließlich war mehr als die Hälfte der Bevölkerung weder Drachen noch Drachenreiter, sondern ganz normale Leute, wie Magier, unabhängige Technokraten, Bäcker, Zierfischzüchter, Klempner, Schriftgelehrte, Taxidermisten und, und, und. Da jeder, der volljährig war, das aktive und passive Wahlrecht besaß, konnte sich jeder in den Rat wählen lassen. Erstaunlicherweise waren trotzdem dreiviertel der Ratsmitglieder Drachen und ihre Drachenreiter.

Von allen Ratsmitgliedern wurde ein Vorsitzender gewählt. Dies war die einzige Wahl, die nur einer einfachen Mehrheit bedurfte. Der Vorsitzende suchte sich dann 12 Beisitzer. Sie zusammen bildeten das, was man die Regierung von Daelbar nennen konnte.

Gilfea kam sich fürchterlich klein vor, wie er nun in dieser großen Halle stand, und die Ratsmitglieder zu ihm herunterblickten.

»Hallo Gilfea. Hallo Mithval. Willkommen im Rat von Daelbar«, begrüßte ihn ein Silberdrache, wobei er mit richtiger Stimme und nicht nur in Gedanken sprach. Es war kein anderer als Toldin, der Drache Turondurs, der zu ihm sprach. Dem Platz nach zu urteilen, waren Toldin und Turondur die Vorsitzenden des Rates.

»Freunde«, erhob Toldin seine warme, samtene Stimme, »begrüßt einen neuen Drachen und seine Seele in unseren Reihen!«

Plötzlich brauste Applaus auf. Gilfea wurde von einer Welle positiver Emotionen überflutet, dass der Boden unter seinen Füßen schwankte.

»Gestern habe ich den Mitgliedern des Rates von euch und eurem Flug hierher berichtet«, setzte Toldin seine Rede fort, »Der ganze Rat dankt euch, aber insbesondere dir, Gilfea, wie du Lindors Agonie geteilt hast. Wie du selbst während unserer Flucht bemerkt haben dürftest, waren die Lanzen auf dich und Mithval gerichtet. Wir hegen den Verdacht, dass das Orkheer nicht zufällig unseren Weg kreuzte. Doch eins nach dem anderen. Von Mithval wissen wir, wie es zu eurer unerwarteten Vereinigung gekommen ist. Doch wissen wir nichts von dir. Wenn du magst, würdest du uns etwas von dir erzählen? Wir sind alle sehr begierig, mehr von dir zu erfahren. Doch ist es deine Entscheidung. Niemand zwingt dich dazu. Wenn du es nicht möchtest, wird dich niemand nötigen. Es ist dein freier Wille, den jeder respektieren wird.«

»Aber was, wenn ich ein böser Mensch bin?«, fragte Gilfea überrascht, »Wie könntet ihr mir vertrauen, wenn ich nichts sage?«

»Es ist ganz einfach. Wir vertrauen dir, weil Mithval dir vertraut. Kein Drache hat sich jemals in der Seele seines Reiters getäuscht.«

Gilfea verstand. Er sah sich um, drehte sich um 360 Grad und betrachtete die Ratsmitglieder. Er sah Menschen, Elben, sogar ein paar Zwerge – und er sah Drachen. Grüne Grasdrachen, wie Lindor, aber auch rote Drachen wie Seregsil. Daneben gab es braune Drachen, Bronzedrachen, den Grasdrachen nicht unähnliche Smaragddrachen, blaue Seedrachen und, wie Toldin, einige wenige Silberdrachen, da diese sehr selten waren. Das beeindruckendste Geschöpf war ein steinalter goldener Drache. Erstaunlicherweise gab es keinen einzigen Drachen, der Mithval auch nur ansatzweise ähnlich sah, wie Gilfea überrascht feststellte.

»Ich will euch von mir erzählen – von mir, und wie ich Mithval fand«, antwortete Gilfea und legte seine rechte Hand dabei liebevoll auf Mithvals Flanke. Von den Rängen tönte wohlwollendes Gemurmel herunter. Offensichtlich war man mit Gilfeas Geste mehr als einverstanden. Und so kam es, dass er alles von sich erzählte. Wie er eines Tages in seinem Dorf aufgetaucht war, wie er heranwuchs, von Schriftmeister Arbogast, aber eben auch von dem Tag, als das Dorf vernichtet wurde. Gilfea ließ nichts aus. Er berichtete von seiner Flucht in die Berge, vom Todesschrei, den Mithvals Mutter ausgestoßen hatte und dem Fund Mithvals. Als er schilderte, dass er Mithval bereits in seinem Ei spüren und hören konnte, ging ein erstauntes Raunen durch die Ränge, während bei der Beschreibung des Todesschreis die Trauer im Ratssaal fast greifbar war. Auf größtes Interesse stieß Gilfeas Beschreibung der Drachentöterklinge und wie er sie im Schlot des Vulkans vernichtete.

»Junge, du weißt gar nicht, wie viel Glück du gehabt hast!«, Gilfea musste sich umdrehen, um den Sprecher zu sehen. Es war Roderick mit seinem roten Drachen Caransil, »Diese Klinge hätte dich bei der leichtesten Berührung getötet. Du hättest nicht einmal mehr Zeit gehabt, zu spüren, wie ihr unheiliges Metall deine Haut verbrennt.«

»Erstaunlich, dass unser junger Freund überhaupt in der Lage war, die Klinge zu sehen, geschweige denn sie zu spüren«, der steinalte Golddrache hatte das Wort ergriffen.

»Ich bin Fingolf, aber jeder ruft mich nur Fin«, wandte sich der Drache Gilfea zu, »Du musst nämlich wissen, dass diese Waffen für normale Menschen unsichtbar sind. Aber wie ich hörte, bist du empathisch begabt. Ich frage mich, ob die Orks, die dein Dorf überfielen, dies nur zufällig taten.«

»Fin, du triffst wie immer den Nagel auf den Punkt!«, schaltete sich Roderick ein, »Ich glaube, Gilfea hat es selbst noch nicht begriffen, obwohl er es in seiner eigenen Schilderung bereits ausgesprochen hat. Du sagtest, dass du den Eindruck hattest, die Orks hätten den Auftrag, jeden im Dorf abzuschlachten. Ich frage mich: jeden oder jemanden?«

Gilfea wurde schwindelig, und wenn ihn Mithval nicht aufgefangen hätte, wäre er gestürzt. Natürlich! Die Orks waren auf der Suche gewesen, auf der Suche nach ihm!

Roderick fuhr fort: »Wie schon gesagt, ich glaube auch nicht, dass die Orks, vor denen wir geflüchtet sind, nur zufällig unseren Weg kreuzten. Je mehr ich darüber nachdenke, desto sicherer bin ich mir. Jemand hat sich alle Mühe gegeben, die Vereinigung von Mithval und Gilfea zu verhindern. Erst versuchte man Gilfea zu ermorden, doch wie durch ein Wunder entkam er. Dann wurde Mithvals Mutter getötet. Und erneut gab es ein Wunder: Die Mörder übersahen Mithvals Ei. Wenn ich daran denke, wie unsere neuen Freunde zueinanderfanden, bin ich fast geneigt, an Vorsehung zu glauben. Allerdings bin ich Neovikinger und glaube generell nicht an solches Zeug.«

Drache und Seele schauten sich an. Waren sie wirklich durch

höhere Kräfte füreinander bestimmt?

»Ihr habt die Orks auf unserer Flucht vergessen«, schaltete sich Thonfilas ein, »Gilfea hat sie als Erstes entdeckt. Noch vor den Drachen!«

Fin erhob seine Stimme: »Turondur, ich glaube, die Vermutung, die du gestern geäußert hast, trifft zu. Gilfea und Mithval sind auserwählt. Etwas geschieht. Ich kann es in meinen alten Knochen spüren. Der lang erwartete Sturm steht vor unserer Tür. Wir haben nur noch wenig Zeit und müssen uns vorbereiten.«

Gilfea sah sich ängstlich um: »Und das heißt?«

Der alte Drache lachte: »Es wird dir gefallen. Du wirst zur Schule gehen!«

Schulstunden

Prämisse 1: Marmeladenbrote fallen immer auf die Marmeladenseite.
Prämisse 2: Katzen laden immer auf ihren 4 Pfoten
Versuchsanordnung: Ein Marmeladenbrot wird mit der Marmeladenseite nach oben auf den Rücken einer Katze gebunden.

Aufgabe A: Stellen Sie eine Subquantennichtdeterminismusgleichung unter Berücksichtigung lokaler Magiefelder auf. Die Magiefelder dürfen zur Vereinfachung rotations- und divergenzfrei sein.
Aufgabe B: Ermitteln Sie den Wahrscheinlichkeitswert für die spontane Bildung eines Mikrouniversums aus der Versuchsanordnung. Warum ist dieser Wert für Blaubeermarmelade größer als für Erdbeerkonfitüre? Diskutieren Sie Ihre Ergebnisse mit Ihrem Seelenpartner.
Aufgabe C: Lassen Sie sich das Marmeladenbrot schmecken.

Aufgabe aus dem Katalog der Examensfragen im Fach Quantenmagie für Drachenreiter

Schule? Was für eine Untertreibung. Was Fingolf leichthin als Schule bezeichnete, war mehr eine Universität. Gilfea wurde mit Wissen vollgestopft und das Vollstopfen begann fast umgehend. Nach der Ratsbesprechung zeigten Lindor und Thonfilas Gilfea und Mithval die wichtigsten Teile Daelbars. Am Abend trafen sich die Vier mit dem Rest des Rettungstrupps zum Essen.
Egal ob Mensch, Elb oder Drache, alle begrüßten Gilfea und Mithval wie alte Freunde. Gilfea fühlte sich erneut überwältigt. Diesmal aber nicht magisch sondern seelisch. Langsam dämmerte es ihm, welch massive Veränderung sein Leben erfahren hatte. Vor wenigen Wochen noch lebte er ein beschauliches und unbeschwertes Dorfleben. Er ging zur Schule oder spielte mit den anderen Kindern, die in gewisser Weise sogar seine Freunde waren. Und selbst wenn es keine Freunde im eigentlichen Sinne waren, so kannte er sie, so wie er jeden im Dorf gekannt hatte. Der plötzliche Gedanke an ihren Tod ließ Gilfea zusammensacken. Er saß am großen Tisch mit all den Drachenreitern und brach einfach in Tränen aus. Es war das

erste Mal, dass er um seine alten Freunde weinte.
Und dann passierte etwas Erstaunliches. Nicht eine Hand, sondern sieben Hände legten sich ihm tröstend auf die Schultern. Alle Drachenreiter, Akira, Roderick, Thonfilas, Egmont, Johannes, Benedict und nicht zuletzt Turondur hielten ihn.
»Es ist gut!«, hörte er Benedict sagen, »Lass es raus ...«
»Sie sind alle tot. Und wenn es stimmt, was im Rat gesagt wurde, mussten sie meinetwegen sterben ...«
Jeder wusste, was Gilfea meinte.
»Es ist nicht deine Schuld! Betrauere deine Freunde, aber verurteile dich nicht für etwas, dessen du nicht schuldig bist«, meinte Johannes mit ernster Stimme, »Trauere und sorge dafür, dass es nie wieder passiert.«
»Ich fühle mich so einsam ... Ich bin so allein ...«
Egmont D'Gal begann zu sprechen. Er sprach sehr leise, und Gilfea musste sich konzentrieren, um ihn verstehen zu können: »Du bist nicht allein, Gilfea! Du bist nicht allein! Wir sieben Seelen und sieben Drachen sind deine Freunde.«
»Das ist nett, aber ihr müsst es nicht tun. Ihr habt schon so viel für mich und Mithval getan. Ihr habt euer Leben riskiert, um uns hierher zu holen. Und wer bin ich schon? Ein 14jähriges Kind. Und ihr? Ihr seid erwachsene Männer. Und auch wenn ihr alle recht jung ausseht, so seid ihr Drachenreiter und wahrscheinlich uralt.«
»Hört! Hört!«, lachte Roderick, »Ganz schon altklug, unser Kleiner. Also, das schreib dir mal hinter deine Ohren. Wir haben unser Leben riskiert, weil wir es so wollten und weil es unser Job ist. Und es für dich zu riskieren, war eine Ehre. Wenn du es nicht glaubst, frag Lindor. Die Drachen lieben dich. Es stimmt, wir sind alles alte Säcke. Ben, Schwarzrock Benedict, ist mit 150 Jahren unser Küken. Aber das ist egal. Du brauchst eine Familie. Und wir alle wären stolz, wenn du uns als deine Familie akzeptieren würdest. Betrachte uns einfach als deine großen Brüder.«
»Meine großen Brüder!«, strahlte Gilfea. Die Tränen hingen immer noch an seinen Augen, »Ich habe mir immer einen großen Bruder gewünscht, und jetzt habe ich gleich sieben.«

Gilfea schaute von Drachenreiter zu Drachenreiter. Jeder nickte ihm freundlich zu oder schenkte ihm einen aufmunternden Blick. Gilfea merkte, dass sie es ernst meinten. Sie waren seine Familie, die Familie, die er nie gehabt hatte. Und als wenn dies nicht reichen würde, begannen plötzlich Stimmen in seinem Kopf zu singen. Erst leise, dann aber immer lauter und deutlicher. Es waren die Drachen, die Drachen sangen! Sie sangen nicht mit Worten, sondern summten. Ein Wasserfall voller Wärme durchflutete Gilfea. Sieben fröhlich summende Drachen. Er wusste nicht, wieso, aber es gab keinen Zweifel, die Drachen liebten ihn.

Nach der Feier anlässlich seiner Aufnahme in die Familie flog Lindor Gilfea und Thonfilas zurück zu Thonfilas und Lindors Höhle.

»Heute wirst du noch einmal bei mir schlafen«, meinte Thonfilas, »Morgen bekommst du und Mithval eine eigene Höhle.«

»Das wollte ich dich schon die ganzen Tage fragen. Wo hast du geschlafen? Schließlich habe ich tagelang deine Wohnung besetzt.«

Thonfilas hielt seinen Kopf schief und sah ein wenig so aus, als hätte man ein Kind beim Naschen ertappt. »Eigentlich schlafen wir Elben nicht so wie ihr Menschen. Aber um deine Frage zu beantworten – die ersten zwei Tage habe ich auf einem Stuhl neben deinem Bett über dich gewacht.«

Gilfea klappte der Unterkiefer herunter. Wie sollte er all die Opfer, die man für ihn erbracht hatte, jemals wieder gut machen?

»Ich sehe, du hast wieder ein schlechtes Gewissen!«, Thonfilas schüttelte amüsiert und gleichzeitig resigniert seinen Kopf, »Lass es! Ich habe es gern getan. Nach allem, was du für Lindor und damit auch für mich getan hast, war es eine lächerliche Kleinigkeit.«

Thonfilas machte eine Pause und schaute, für Gilfea überraschend, verlegen zu Boden: »Als es dir besser ging, habe ich die Nacht an einem anderen Ort verbracht ... Ähm ... Du wirst es ja sowieso erfahren: Ich war mit meinem Lebensgefährten zusammen.«

Lebensgefährten? Das war etwas, was es so in seinem Dorf nicht gab. Jedenfalls nicht öffentlich. Meister Arbogast hatte Gilfea alles über die Fortpflanzung und Sexualität erklärt, und auch, dass es Personen gab, die das eigene Geschlecht bevorzugten. Doch das Dorf war in manchen Dingen sehr konservativ. Wenn die Dorfbewohner auch nichts mit den Lehren der unifizierten Technokratie am Hut hatten, so hatten manche ihrer Lehren und Behauptungen trotzdem einen Weg in die Köpfe der Leute gefunden. *Magie ist unnatürlich. Elben sind ein arrogantes, snobistisches Pack, das von einem längst verlorenen Glanz träumte. Zwerge geizig, raffgierig und im Prinzip alle Betrüger. Und, und, und.* Eine dieser Lehren besagte unter anderem, dass gleichgeschlechtliche Beziehungen minderwertig und, da sie nicht der Fortpflanzung dienten, für die Gesellschaft schädlich seien.

Meister Arbogast schnaubte immer, wenn er diese Behauptung hörte: »Pah, als wenn Sex immer der Fortpflanzung diente! Insbesondere, wenn es guter Sex ist.«

Damals verstand Gilfea nicht, was Arbogast damit meinte. Sex war für ihn ein Wort, dessen Bedeutung er noch nicht wirklich verstand. Dies hatte sich erst in der letzten Zeit geändert, als das Teil zwischen seinen Beinen begann, des Öfteren hart und steif zu werden. Gilfea entdeckte ziemlich schnell, dass man diesen Zustand mit geeigneten Handgriffen forcieren konnte und dass sich das verdammt gut anfühlte.

»Du hast einen Gefährten? Was sagt dein Drache dazu?«, mit diesen Fragen fand Gilfea seine Sprache wieder.

Thonfilas grinste. »Lindor? Och, der ... Glaub mir, er hat nicht die geringsten Einwände dagegen. Ganz im Gegenteil. Aber du kennst meinen Gefährten – ich bin mit Roderick zusammen.«

Ein Elb und ein Neovikinger?

»Ich möchte, dass du weißt, dass wir keine Geheimnisse vor dir haben. Du gehörst zur Familie. In den nächsten Tagen wirst du auch noch die anderen Gefährten kennenlernen. Johannes Partnerin, Jannina, ist eine tolle Frau. Ebenso die Ehefrau von Akira. Ach ... das hat Zeit. Du wirst es sehen. Und nun, ab ins Bett. Morgen beginnt die Schule!«

»Ja, großer Bruder!«
»Schlaf schön, kleiner Bruder!«
Und Gilfea schlief – glücklich und zufrieden.

☾

Der nächste Tag begann mit Verwaltungsarbeiten. Nach dem Frühstück, das Thonfilas zubereitet hatte und das sie gemeinsam mit Roderick einnahmen, flogen sie zum Schulgebäude. Der Direktor begrüßte Gilfea freundlich, bedauerte aber gleich, dass die Schule für Gilfea vermutlich sehr, sehr hart werden dürfte. Potenzielle Drachenreiter begannen viele Jahre früher mit ihrer Ausbildung. Diese verlorene Zeit galt es nun aufzuholen. Erschwerend kam hinzu, dass Gilfea und Mithval bereits miteinander vereint waren. Wie dem auch sei, man würde Gilfea jede erdenkliche Hilfe gewähren.
Diese Schule war anders als normale Schulen. Es gab keine Zensuren, was aber zu Daelbar passte. In anderen Ländern gab es Noten. Je besser die Zensuren, desto besser der Job. In Daelbars Schule ging es nicht darum besser zu sein als andere. Es ging darum *zu sein*! Ein Konzept, das Gilfea nicht sofort verstand.
Diese Schule wollte Wissen vermitteln und nicht andressieren und dann abfragen, um schließlich eine Note zu erteilen. Alles, was gelehrt wurde, war wichtig und notwendig, zuweilen sogar lebensnotwendig. Konkurrenzdenken war daher eher kontraproduktiv.
Manche Schüler begingen den Fehler zu glauben, dass, weil es keine Zensuren gab, die Schule leicht sei. Doch sie irrten. Der Unterricht war schwer, sehr schwer. Waren Fächer wie Drachengeschichte, Flugkunde, politische Weltbildung, Geografie, etc. noch überschaubar, wurde es spätestens bei theoretischer und angewandter Quantenmagie sehr abstrakt und ... seltsam. Klassische Physik, Chemie, Mathematik und Informatik waren gegen Quantenmagie die reinsten Spaziergänge.
Nach drei Wochen Schule fühlte sich Gilfea fix und fertig. Er und Mithval hatten eine eigene Höhle, zwei Höhlen neben

Lindor und Thonfilas, bezogen. Als Gilfea in seine Höhle einzog, war er erstaunt, dass man ihm einfach eine Höhle gab. Er musste nichts bezahlen, was er, mangels Geld, auch nicht konnte. Gleiches galt für seine Kleidung, seine Möbel und seine Nahrung. Alles wurde gestellt. Einfach so. Erst ein paar Wochen später lernte er in politischer Weltkunde II, dass Drachenreiter und Drachenreiterschüler in Daelbar dieses Privileg genossen. Für sie wurde gesorgt, denn sie sorgten für Daelbar. Die Drachen und ihre Seelen waren Daelbar. Sie sorgten für Sicherheit, und, durch die Drachenmagie, für ihre Existenz. In Daelbar zu leben, bedeutete, privilegiert zu sein. Es gab wenige Demokratien in der Welt. Die meisten Staaten und Reiche wurden entweder absolutistisch, oligarchisch, diktatorisch oder, wie in der unifizierten Technokratie, religiös fundamentalistisch regiert. Eigentlich gab es keine Regierungsform, die nicht irgendwo ausprobiert worden war, angefangen bei der an Überalterung ausgestorbenen Gerontokratie von Six bis hin zur real existierenden Anarchie der »insula septimus major«, obwohl man diese nicht wirklich als Regierungsform bezeichnen konnte.
Die sieben Seelen – seine großen Brüder – freuten sich, dass sich Gilfea langsam in seine neue Umgebung einlebte. Bereits nach weniger als zwei Wochen begann er, seine anfängliche Schüchternheit abzulegen. Er fand Freunde, wirkliche Freunde, die sogar in seinem Alter waren. In seinem Dorf war er immer ein Eigenbrötler gewesen. Irgendwie hatte er ständig das Gefühl gehabt, ein Fremder zu sein. Und genau dieses Gefühl fehlte in Daelbar. Erstaunlicher noch, Gilfea hatte erstmals in seinem Leben den Eindruck, wirklich zu Hause zu sein.
Unter seinen neuen Freunden gab es vier, die sich zu seinen engsten und besten Freunden entwickelten. Der eine war Tom, ein junger Zwerg, der zwar nicht Drachenreiter werden wollte, aber wegen der Magiekurse, insbesondere Magie in der Metallurgie, die Schule als Gaststudent besuchte. Xurina, Franciscus und Mithrandor waren Drachenreiteranwärter. Xurina war die Tochter einer Amazone, die aus der Volksrepublik Vokando geflohen war. Francisus war, wie der Name vermuten ließ, ein Kind der unifizierten Technokratie. Er konnte sich, so wie fast alle Klosterschüler, nicht an seine frühste

Kindheit erinnern. Das Einzige, was er wusste, war, dass er aus dem Kloster fliehen musste. Die Priesterschaft rekrutierte sich ausschließlich aus Waisenkindern, und Priester der unifizierten Technokratie wollte Franciscus niemals werden. Natürlich waren die Priester hinter ihm her, und sie hätten ihn auch wieder eingefangen, wären Johannes und Kifilan nicht gewesen und hätten ihn gerettet. Mithrandor war der Einzige, der nicht geflohen war. Er war ein Elb aus den Bergwäldern von Anon'Car. Jahrelang lebte er dort mit seiner Sippe friedlich und unbeschwert, als ihn von einer Sekunde auf die andere nur noch ein Gedanke bewegte: »Du musst Drachenreiter werden.« Es war eine Art Vision, denn Mithrandor sah Bilder von Daelbar, ohne die Stadt jemals vorher besucht zu haben. Die Ältesten seiner Sippe meinten daraufhin, dass man derartige Visionen nicht ignorieren dürfe. Mithrandor wanderte nach Daelbar und wurde sofort aufgenommen.

Keiner der Drei war bereits eine Drachenseele, weswegen sie Gilfea ein wenig beneideten. Doch bald merkten sie, dass Neid völlig unangebracht war. Gilfea hatte weit schwerer als sie zu arbeiten, und dass ausgerechnet aus dem Grund, für den sie ihn beneideten. Mithval war lieb und nett, ein toller Drache und der beste Partner, den sich Gilfea wünschen konnte, aber er war eben auch ein Drache – ein sehr junger Drache.

Drachen waren für ihre notorisch spöttische Art berüchtigt. Sie schienen nichts wirklich ernst zu nehmen und vermittelten ständig den Eindruck, als würden sie einen heimlich auslachen. Zumindest schienen sie immer zu schmunzeln.

Doch Mithval war kein Drache, er war ein Jungdrache. Und Jungdrachen waren nicht einfach permanent über die Welt als solches amüsiert, sie waren auch fürchterlich albern und Mithval der albernste von allen. Da Gilfea und sein Drache eins waren, konnte die Echse eine ziemliche Ablenkung im Unterricht sein. Wie sollte man Differenzialgleichungen verstehen lernen, wenn einem ein Drache im Kopf Schüttelreime vortrug?

So kam es öfters vor, dass Gilfea mitten im Unterricht loskichern musste, wenn Mithval mal wieder etwas sehr Albernes getan hatte. Gilfea erntete dann meistens von seinen Mitschülern einen befremdeten und von seinen Lehrern einen entnervten Blick.

»Es tut mir leid! Es ist Mithval, mal wieder!«, konnte er sich dann nur verteidigen. Seine Lehrer schüttelten oft nur mit dem Kopf und sahen Gilfea mitleidig an. Sie wussten, dass er nichts dafür konnte.

☾

Es war gut ein Jahr her, dass Gilfea nach Daelbar gekommen war, als er mit seinen Freunden abends nach der Schule noch zusammensaß und sie sich unterhielten.
»Was für ein Drache ist Mithval eigentlich?«, fragte Xurina, die alle nur Xu nannten, »Ich habe noch nie von einem schwarzen Drachen gehört. Aber Mithval ist richtig schwarz.«
»Ich weiß es nicht, und er verrät es auch nicht«, antwortete Gilfea, »Er weiß es, aber er weicht mir bei dieser Frage aus. Er findet das witzig, wenn alle gespannt darauf warten, dass er endlich seine endgültige Erscheinung enthüllt. Ich glaube, wir werden alle noch sehr überrascht sein.«
»Ich hoffe, dass mich ein grüner Drache erwählt«, meinte Mit, alias Mithrandor, »Sie sind von allen Drachen diejenigen, die am stärksten mit der Flora verbunden sind. Es gibt eine Sage in meinem Volk, wonach unser Bergwald von einem riesigen Grasdrachen erschaffen wurde.«
»Mein Drache sollte ein blauer Seedrache sein«, brachte sich Xu ein, »Meine Mutter kommt von der See. Obwohl ich das Meer nie gesehen habe, fühle ich mich zu ihm hingezogen. Und was für einen Drachen wünschst du dir?«
Die Frage ging an Franciscus, der nur zögernd antwortete. »Ich weiß es nicht ... Ich denke, ein roter oder ein Bronzedrache würden zu mir passen. Sie wählen uns nach unserer Persönlichkeit aus. Die Drachen kennen uns besser, als wir uns selbst. Wenn mich einer erwählt, wird er der Richtige für mich sein.«
»*Ein schlaues Kerlchen! Der wird es noch weit bringen, aber einen roten Drachen oder einen Bronzedrachen wird er nicht fliegen. Wer will schon Ressourcen verschwenden?*«, Mithval konnte es sich nicht verkneifen, die Wünsche von Gilfeas Freund zu kommentieren. Wenn er, wie es so seine Art war, mal wieder mit vielen Worten nichts

sagte.
»*Du weißt es! Du weißt, was für ein Drache Franciscus erwählt?*«
»*Natürlich*!«, antwortete Mithval mit einem fröhlich-amüsierten Unterton in der Stimme.
Natürlich erzählte Gilfea seinen Freunden, was ihm sein Drache erzählt hatte.
»Meint er, ich wäre nicht würdig genug für einen roten oder bronzenen Drachen?«, fragte Franciscus ein wenig gekränkt.
»Das hat er so nicht gesagt«, beruhigte Gilfea, »Du wirst es ja bald sehen. Wenn ich mich nicht irre, seid ihr in einem Monat für die Auswahl vorgemerkt.«
»Was?«, schrien vier Freunde im Chor.
»Thonfilas hat es mir erzählt. Es wird bald Eier geben. Seregsil und Lindor sind am Turteln. Zwischen den beiden Drachen hat es mächtig gefunkt. Seregsil wird in den nächsten Wochen mindestens drei Eier legen.«
»Seregsil ist ein roter Drache und Lindor ein Grasdrache, was kommt dabei raus?«, fragte Tom, der Zwerg.
»Das ist bei Drachen anders«, erklärte Xu, »Was für ein Drache aus einem Ei schlüpft, hängt nicht von seinen Eltern ab. Nur ein Teil eines Drachens ist genetischer Natur, der Rest ist magisch.«
»Ja, Xu hat recht. Es ist noch alles offen.«
»Und wie verkraftet Thonfilas Lindors Zustand?«, Franciscus' Lippen umspielte ein fieses Grinsen. War ein Drache in Paarungslaune, blieb das nicht ohne Auswirkung auf seine Seele.
»Ähm ... Er ist ...«, Gilfea war das Thema unangenehm.
»Seine Frau wird momentan nichts zu lachen haben«, knurrte Tom.
»Er hat keine Frau ...«, das Thema ging genau in die Richtung, die Gilfea gerne vermieden hätte. Auf der einen Seite wollte er Thonfilas nicht outen, auf der anderen Seite wollte er auf keinen Fall lügen. Gilfea wusste nicht, wie seine Freunde reagierten, erführen sie, dass Thonfilas schwul war.
»Er muss doch ...«, fing Xu an, um plötzlich zu stoppen, »Oh, ich verstehe ... Er ist einer von jenen Drachenreitern, die ...«
»Das musst du ihn selbst fragen ... Ich ...«, stammelte Gilfea und schämte sich. Er hatte das Gefühl, die Sache verbockt zu haben.
»*Sag's ihnen!*«, die Stimme war klar und deutlich in Gilfeas Kopf

zu hören. Er wusste zwar nicht, wieso Lindor seine Gedanken mitgehört hatte, aber er wusste jetzt, dass es okay war, über Thonfilas sexuelle Orientierung zu sprechen.

»*Ich hab's ihm erzählt*«, murmelte Mithval in Gilfeas Kopf.

»*Spanner*«, konterte Gilfea scherzhaft, den es amüsierte, wie neugierig sein Drache war, dass er ein mentales Gespräch mit seiner Seele und Lindor belauschte.

»*Klemmschwester!*«, konterte Mithval kichernd und verunsicherte Gilfea. Was wollte der Drache damit sagen?

»Also gut. Lindor hat mir sein Okay gegeben. Thonfilas ist mit einem anderen Reiter zusammen. Und ja, Lindors Zustand hat deutliche Auswirkungen auf Thonfilas eigenes Sexleben. Überdeutliche Auswirkungen!«

»Oh!«, meinte Xu.

»Lindor? Hättest du nicht Thonfilas selbst fragen sollen, bevor du ihn outest?«, wandte Franciscus ein.

»Das habe ich doch. Du vergisst, dass Lindor und Thonfilas nur zwei Ausprägungen eines Geistes sind. So wie Mithval und ich. Du wirst es verstehen, wenn du selbst eine Seele geworden bist.«

»Mithval ist groß geworden«, wechselte Mithrandor das Thema, »Er ist fast so groß wie Lindor.«

»Ja, Mithval wächst schnell. Es ist beängstigend, wenn man bedenkt, dass er noch drei Jahre vor sich hat, bevor er ausgewachsen ist.«

Wachstum

Onanie ist Liebe an und für sich
Klotürspruch, Urheber unbekannt

Sag' das mal meinem Drachen!
Kommentar unter dem Klotürspruch, Urheber ebenfalls unbekannt

Und dann kam das Thema Sexualität. Gilfea erwischte es im denkbar ungünstigsten Moment. In seinem bisherigen Leben war er quasi asexuell gewesen. Während die anderen Jungs in seinem Dorf, die in seinem Alter waren, langsam begannen sich für Mädchen zu interessieren, war dies für Gilfea etwas, das völlig an ihm vorbei ging. Es interessierte ihn nicht, weder die Mädchen noch die Jungs. Dabei war es nicht so, dass Gilfea die biologischen Abläufe unbekannt waren. Meister Arbogast sparte in seinem Unterricht kein Thema aus. Es verhielt sich vielmehr so, dass Gilfea einfach noch nicht so weit war. Er war gewissermaßen ein Spätentwickler.

Aber dies sollte sich deutlich ändern. Gilfea durchlebte eine Reihe körperlicher Veränderungen. Veränderungen in seinem Alter oder auch etwas früher waren biologisch normal, wenn da nicht Mithval gewesen wäre. Dass Gilfeas verspätete Pubertät ausgerechnet mit der Verbindung zu Mithval zusammenfiel, entwickelte sich zu einem nervenaufreibenden Abenteuer.

Weil die Lehrer der Drachenreiterschule wussten, dass die Pubertät allein schon stressig genug sein konnte, hatte man zusammen mit den Drachen entschieden, dass eine Vereinigung von Reiter und Drache erst nach ihr stattfinden sollte. Also erst dann, wenn der zukünftige Reiter aus dem Gröbsten raus war. Man wollte den Reiter schonen.

Gilfea konnte nicht geschont werden und somit erwischte es ihn eiskalt. Juvenile Drachen entwickelten sich schubweise. Obwohl sie mit dem gesamten Wissen ihrer Eltern schlüpften, hieß dies noch lange nicht, dass damit ihre Persönlichkeit vollständig ausgebildet war. Ganz im Gegenteil. Drachenreiter wurden von ihren Drachen nicht aus Spaß als »Seele« bezeichnet. Bei der

Vereinigung ging ein Teil der Persönlichkeit des Reiters auf den Drachen über. Umgekehrt ging auch etwas vom Drachen auf dessen Seele über. Während der Übergang vom Reiter zum Drachen eher psychischer Natur war, wechselte in der Gegenrichtung eher eine physische Komponente, wenn auch nicht ausschließlich. Beide Übergänge galten zur Recht als steinig.
Was wenige außerhalb der Gemeinschaft der Drachenreiter wussten: Das Zusammenwachsen von Drache und Seele war mit der initialen Vereinigung nicht abgeschlossen. Eigentlich begann der Prozess erst damit. Drachen benötigten rund vier Jahre, um vollständig auszuwachsen. Nur vollzog sich das Auswachsen nicht langsam und gleichmäßig, sondern in spontanen Schüben. Diese Wachstumsschübe konnten sehr anstrengend sein, körperlich wie seelisch, insbesondere für den Reiter. Es war diese juvenile Phase, in der der Drache auf seine Seele besonders angewiesen war. Die Wachstumsschübe konnten die Drachen in heftige Kontraktionsschmerzen und chaotische Gefühlsstürme stürzen. Wie Drachen so sind, nahmen sie es von der humorigen Seite, wussten aber ganz genau, wie viel sie ihren Seelen dabei verdankten. Denn die Seelen waren es, die die Drachen davor bewahrten, durchzudrehen und verrückt zu werden. Sie waren der ruhende Pol, an dem sich der Drache emotional festhielt, einem Anker auf hoher See nicht unähnlich.
Gilfeas Lehrer hatten ihn vorbereitet – theoretisch. Soweit es irgend ging, hatte man ihm versucht zu erklären, was bei Mithvals Wachstumsschüben passierte und wie er den Stress durch Meditation und autogenes Training bewältigen konnte.
Mithvals Kommentar dazu war drachentypisch: *»Schwachsinn! Egal, was du trainierst, wir beide werden leiden. Richtig leiden. Lass es einfach passieren und kämpfe nicht dagegen an. Es macht es nur noch schlimmer. Bisher haben es noch alle Seelen überstanden.«*
Gilfeas Begeisterung hielt sich in Grenzen. Was ihn etwas nervös machte, war, dass seine Lehrer nicht so recht wussten, mit welcher Art Drache sie es bei Mithval eigentlich zu tun hatten. Wenn auch die eigentlichen Wachstumsschübe nie vorhersehbar waren, gab es von Drachenart zu Drachenart gewisse sich wiederholende Muster. Bronzedrachen neigten dazu, in fast

regelmäßigen Intervallen von sechs Wochen zu wachsen und ihre Seelen noch am wenigsten zu belasten. Silberdrachen verhielten sich vollkommen gegenteilig dazu. Ihre Wachstumsimpulse waren absolut chaotisch und genau so chaotisch erging es ihren Seelen. Manche Reiter musste man sogar ans Bett fesseln, damit sie sich nicht selbst verletzten.
Bei Mithval war alles anders. Seine Schübe waren planmäßig chaotisch, was soviel hieß, dass es zwar keine Regelmäßigkeit gab, er aber immer ein bis zwei Tage vorher wusste, dass ein weiterer Schub bevorstand. Gilfea hatte somit immer genügend Zeit, sich entsprechend vorzubereiten.
Soweit hatte Gilfea mit seinem Drachen noch halbwegs Glück. Wäre da nicht die Sache mit der Pubertät gewesen ...
Es begann wenige Tage, nachdem Gilfea und Mithval in Daelbar angekommen waren, dass Gilfea von Zeit zu Zeit Erektionen zu bekam. Eigentlich hätte er darüber glücklich sein sollen, schließlich war er entwicklungsmäßig weit hinter seiner Zeit. Wären da nicht die mit den Erektionen einhergehenden Fantasien gewesen. Diese Fantasien waren eindeutiger Natur. Meister Arbogasts Unterricht sei Dank begriff der junge Drachenreiter ziemlich schnell, dass er schwul war.
Nur, wie sollte er damit umgehen?
In seinem Dorf war gleichgeschlechtliche Liebe ein echtes Nichtthema, etwas, über das man einfach nicht sprach. Die Meinung der Päpstin der unifizierten Technokratie war ebenso eindeutig wie ablehnend. Sexuell abnormes Verhalten, wozu die Technokratie auch die Homosexualität zählte, verlangte nach psychodynamischer Neuorientierung. Eine nette Umschreibung für eine qualvolle Gehirnwäsche. Was die Zwerge davon hielten, wusste Gilfea nicht, da Zwerge ihre Sexualität grundsätzlich nicht thematisierten. Auch nicht mit ihren Partnern. Zwergenkinder schienen einfach »zu passieren«. Und die Elben? Die Elben hatten seit einigen Generationen ein eher ambivalentes Verhältnis zu Homosexualität, da weniger gebildete Kreise generell alle männlichen Elben als Tucken oder Schwuchteln beschimpften. Angefangen mit diesen Schmähungen hatten wohl die Orks. Was wenig verwunderlich war, da Orks mit einem Elbenphobie-Gen gezüchtet wurden. Sie

waren somit von Geburt an darauf programmiert, alle Elben abgrundtief zu hassen. Die Orks übernahmen einfach das Klischee des soften, kultivierten, manierierten Homosexuellen und übertrugen es auf die Elben. Natürlich war dieses Klischee, wie die meisten Klischees, so falsch wie nur irgendwas, aber es passte eben perfekt auf die Elben, jedenfalls mehr als auf menschliche Schwule. Elben waren nun einmal edle und übernatürlich schöne Geschöpfe und neigten, zu ihrem eigenen Leidwesen, teilweise zu aristokratischem und arrogantem Gehabe.
All diese Überlegungen gingen Gilfea durch den Kopf, als er sich eingestand, dass er sich eher zu seinen Mitschülern als seinen Mitschülerinnen hingezogen fühlte. Immerhin, so vermutete er, sollte es in Daelbar keine Probleme geben. Thonfilas und Roderick waren ein Paar, und niemand wäre jemals auf die Idee gekommen, die beiden deswegen weniger zu achten. Ganz im Gegenteil. Je mehr sich Gilfea in Daelbar einlebte und über diese Stadt erfuhr, desto mehr begann er zu ahnen, dass seine neue »Familie«, die sieben Drachenreiter mit ihren Drachen, zu den angesehensten Persönlichkeiten der Stadt zählten. Gilfea konnte sich nicht vorstellen, dass einer von ihnen sich daran stören würde, sollte er mit einem netten Jungen als Freund aufkreuzen, soweit es nicht gerade ein Ork war. Auch daelbanische Toleranz kannte Grenzen.
Mithval war, erwartungsgemäß, das kleinste Problem. Er wusste es. Natürlich! Mithval wusste es, bevor Gilfea es von sich selbst wusste. Und wie bei einem Drachen nicht anders zu erwarten, fand er es cool.
»Hey, wie findest du den Assistenten von Professor Secundus G'Plas? Der ist doch richtig süß!«
Mithval ließ keinen Moment aus, Gilfea den einen oder anderen Typen aufzuquatschen. Wenn Mithvals Vorschläge auch eher scherzhaft waren, besaß der Drache, soweit musste es Gilfea zugeben, einen exzellenten Geschmack. Professor Secundus G'Plas Assistent war wirklich richtig süß. Mithval wusste genau, welche Typen Gilfea attraktiv fand. Vermutlich wusste er es sogar genauer als Gilfea selbst.

»Du bist nicht hilfreich!«, meinte Gilfea dann meistens halb ernst.
»Wieso, ich will doch nur, dass du was Passendes findest«, antwortete Mithval darauf üblicherweise in einem ganz unschuldigen Tonfall.
Und genau in diesen Zustand starker Selbstzweifel und Orientierungsängste trafen Gilfea auch noch Mithvals Wachstumsschübe.
Der Erste kam gut ein viertel Jahr nach der Vereinigung und war auch gleich einer der heftigsten. Insbesondere, weil Gilfea nicht wusste, was ihn erwartete. Mithvals Warnung, dass etwas im Busch war, kam einen Tag vorher. In der Nacht des nächsten Tages ging es dann los. Gilfea wachte plötzlich schweißgebadet auf und wusste im ersten Moment nicht, wo er war. Das erste, was er bemerkte, war, dass er sich nicht mehr in seinem Bett befand, sondern über selbigem schwebte. Eine Auswirkung des magischen Anteils seines Drachens. Gilfea versuchte sich zu drehen, um einen Blick in Mithvals Höhle zu werfen, was, wenn man schwebte, gar nicht so einfach war.
Als Gilfea Mithval sah, erschrak er. Sein Drache krümmte und wand sich. Dabei leuchtete er aus sich heraus und war teilweise sogar durchsichtig. Niemals vorher hatte Gilfea so intensiv die Magie in diesen Geschöpfen gefühlt. Eine Magie, die auch ihn zu durchfluten schien. Instinktiv konzentrierte er sich auf seinen Drachen, so wie er es schon mit Lindor getan hatte. Er öffnete sich, wollte seinem Freund und Partner einen Teil der offensichtlichen Schmerzen abnehmen – und wurde überrascht. Mithval quälte sich nicht. Er litt auch nicht unter Schmerzen. Sein Wachstumsschub schien gefühlsmäßiger Natur zu sein. Kaum hatte sich Gilfea geöffnet, wurde er von einem Gefühlsorkan überrannt. Emotionen nie gekannter Stärke fluteten sein Bewusstsein. Er empfand gleichzeitig Wut, Leidenschaft, Zorn, Lust, Trauer, Freude, Liebe, Glück, Hoffnung und Hoffnungslosigkeit. Jede jemals empfundene Emotion eines jeden Wesens dieser Welt schien durch Mithval und Gilfea hindurch wandern zu wollen. Es war, als wenn in einem Orchester jeder Musiker ein anderes Stück spielte. Das Einzige, was dabei herauskam, war eine krachende, kreischende

Kakophonie.
Gilfea schloss seine Augen. Er brauchte einen Fixpunkt, einen Anker in diesem Sturm. Etwas, woran er sich festhalten konnte. Er konzentrierte sich. Sammelte seine Gedanken und ging zurück an den Ort, an dem er und Mithval miteinander verschmolzen waren. Er erinnerte sich an das Lied, das Mithval in seinen Träumen gesungen hatte. Er erinnerte sich. Zwischen all den anderen Gefühlen und Empfindungen meinte er genau diese Melodie heraushören zu können. Er stimmte mit ein, summte sie erst leise und, als er merkte, dass die anderen Empfindungen ruhiger wurden, summte er die Melodie immer lauter. Gilfea hatte das Gefühl, als wenn er einen Orkan zähmte. Die Melodie in seinem Kopf nahm die anderen Emotionen, Gefühle und Empfindungen auf, modulierte sie und beruhigte sie damit.
Als Gilfea seine Augen öffnete, sah er, dass er genau das Richtige getan hatte. Mithvals Kontraktionen und Windungen waren verschwunden, der Drache lag erschöpft am Boden, sein Leuchten war in ein warmes, pulsierendes Glühen übergegangen, das eine unendliche Friedlichkeit verströmte. Gilfea atmete auf und dachte, er hätte es überstanden.
Wie er bald merkte, irrte er. Er hatte zwar seinen Drachen beruhigt und ihn bei dessen Wachstumsschub unterstützt, doch nun begann die gleiche Energie in Gilfea zu wüten. Und diese magische Energie packte Gilfea an seiner unreifsten Stelle. Bei seiner Sexualität. Kaum hatte Gilfea sein Summen beendet, bemerkte er, dass er eine Erektion hatte. Eine schmerzhafte Erektion, denn sein Schwanz war härter als hart. Es blieb auch nicht bei der Erektion. Seine körperliche Erregung erweiterte sich um eine emotionale Erregung. Unbekannte Geilheit breitete sich in Gilfea aus. Er konnte nicht anders und packte das Problem an der Wurzel. Kaum hatte er seinen Schwanz umfasst, flammten intensive Bildfetzen von sehr erotischen Szenen vor Gilfeas innerem Auge auf. Er schloss seine Augen und ließ sich treiben. Diesmal öffnete er sich gegenüber sich selbst.
Die Welt explodierte. Gilfea wurde ohnmächtig.

Am nächsten Morgen wachte er gerädert und sehr klebrig auf.
»Gut geschlafen?«, fragte Mithval scheinheilig.
Gilfea sah an sich herunter. »Witzbold, du weißt ganz genau, was passiert ist!«
»Sexmaniac«, zog ihn Mithval auf.
Gilfea schüttelte seinen Kopf und entschied sich zu duschen. Der magieverstärkte Orgasmus, Gilfeas erster Orgasmus überhaupt, hatte deutlich Spuren hinterlassen, die entsorgt werden wollten.
Genau in jenem Moment tauchte Thonfilas auf: »Hallo, ich hoffe ich störe nicht.«
Gilfea wurde rot. Sein Zustand war kaum zu übersehen.
»Ähm...«, stammelte Gilfea.
»Hey!«, beruhigte Thonfilas ihn und grinste wissend, »Es gibt nichts, was dir peinlich sein muss. Ich weiß, wie Wachstumsschübe auf Drachenreiter wirken können. Ich bin gekommen, um zu sehen, wie es euch beiden heute geht.«
Gilfea sah verlegen zu Boden. »Ist es immer so... ähm, sexuell?«
»Ja und nein. Es hängt vom Drachen ab. Mithval scheint wirklich ein ganz besonderer Drache zu sein...«, der Elb setzte eine sehr ernste Mine auf, »Übrigens, hast du heute schon mal in einen Spiegel geschaut?«
Gilfea zuckte vor Schreck zusammen: »Seh' ich so fertig aus?«
»Wie man's nimmt...«, meinte Thonfilas und hatte dabei einen für einen Elben merkwürdigen Gesichtsausdruck, »Geh' duschen, ich mach dir Frühstück!«
Gilfea schnappte sich frische Wäsche sowie ein Handtuch und lief ins Badezimmer. Vorsichtig riskierte er einen Blick in den Spiegel. Er hatte mit allem gerechnet, mit schwarzen Ringen unter seinen Augen oder einem völlig zerknitterten Gesicht. Nach dem, was er mit Mithvals Wachstumsschub am eigenen Leibe erlebt hatte, war so ziemlich alles möglich.
Gilfea irrte. Statt eines ausgelaugten Typen schaute ihm ein schlanker, muskulöser Jugendlicher entgegen. Mithvals Wachstumsschub hatte auch Gilfea verändert.

»*Nett, oder?*«, tönte der Drache in Gilfeas Kopf scheinheilig.
»*Fantastisch!*«, gab Gilfea unumwunden zu.
Frisch geduscht, rasiert und bekleidet besuchte Gilfea noch vor dem Frühstück seinen Drachen. Mithval döste, was verständlich war, denn seine Veränderungen waren drastisch. Mithvals Wachstumsschub hatte den Drachen gut um die Hälfte wachsen lassen. Damit war er jetzt bereits größer als jeder grüne Grasdrache Daelbars. Man konnte nur ahnen, wohin die Reise noch gehen würde. In den restlichen drei dreiviertel Jahren konnten noch einige Schübe folgen.
Während der Drache leise vor sich hindöste, hatte er sich zusammen gekringelt. Seine Augen waren geschlossen und aus seinen Nüstern war ein regelmäßiges, ruhiges Pfeifen zu hören. Gilfea berührte ihn und strich freundschaftlich über dessen Schuppen. Der Drache fühlte sich gut an. Die Berührung verströmte ein Gefühl von Wärme, Frieden und Lebendigkeit, die sich sofort auf Gilfea übertrug.
»*Danke*«, meinte der Drache, ohne aufzuwachen oder die Augen zu öffnen.
»*Wofür?*«
»*Dass du meine Seele bist!*«
Selten war die Stimme eines Drachens von Ernsthaftigkeit geprägt. Dies war einer jener Momente.

Flugbetrieb

Gedichte über Drachen? Sie scherzen? Glauben Sie, ich will von den Viechern gefressen werden?

WILLIBALD SEMPER (Staatlicher Dichter 2. Klasse) in einem Interview zum Thema Drachen

»Heute, meine Schüler, wird für einige von Ihnen einer der wichtigsten, schönsten und ergreifendsten Tage werden, die Ihnen als Drachenreiter jemals zuteilwerden dürften«, verkündete der Direktor der Drachenreiterschule vom Podium.

Man hatte die Schüler in die Aula gerufen. Niemand wusste, warum. Niemand, bis auf einen, denn Mithval hatte gepetzt. Kaum hatte Gilfea gehört, was ihm Mithval in seinem Kopf zuflüsterte, strahlte er vor Freunde. Er freute sich nicht für sich, sondern für seine Freunde, die ihn verunsichert anschauten.

»Mithrandor, Xurina, Franciscus«, rief der Direktor feierlich, »Heute ist euer Tag! Ihr wurdet in den letzten Wochen und Monaten auf diesen Moment vorbereitet. Nun frage ich euch ein letztes Mal: Wollt ihr für den Rest eures ganzen Lebens eure Kraft, eure Energie, euren Verstand und eure Seele in den Dienst eines Drachen stellen? Denkt gut nach. Habt ihr eure Entscheidung getroffen, gibt es kein Zurück mehr.«

Natürlich hatte diese Frage einen eher zeremoniellen Charakter. Was die Verschmelzung mit einem Drachen wirklich bedeutete, wurde auf der Drachenreiterschule intensiv in psychologischen Gruppen- und Einzelgesprächen erörtert. Kein Schüler war unvorbereitet und kein Schüler wurde zugelassen, dessen Psyche nicht stark und ausgeglichen genug war. Nur Gilfea war eine Ausnahme.

Der Direktor wandte sich nun direkt an jeden einzelnen Schüler und fragte, ob er oder sie bereit sei.

Alle antworteten mit »Ja«.

Gilfea lächelte. Er freute sich für seine Freunde. Alle drei schauten, nachdem sie gefragt wurden, zu Gilfea und strahlten vor Stolz.

»Nun denn. Es ist soweit. In wenigen Minuten werden die ersten Drachen schlüpfen. Folgt mir.«
Eine Prozession begann sich in Bewegung zu setzten. Die Schule besaß einen speziellen Hof, in dem die Eier aufbewahrt und heiß gehalten wurden. Kein Drache musste seine Eier selbst bebrüten, obwohl sie es gerne getan hätten. Aber es gab Wichtigeres zu tun. Außerdem waren die Eier in den Händen der Brutstation weit besser aufgehoben. Sie wurden Tag und Nacht überwacht und umsorgt. Luftfeuchtigkeit, Licht, Hitze, alles wurde perfekt gesteuert. Der Hof mit den Eiern war in mehrere Bereich geteilt. Die Eier waren entlang einer hohen Mauer aufgereiht. Auf der Mauer gab es Podeste für Drachen, vorzugsweise für die Elterndrachen, um ihre Kleinen besuchen zu können. Aber auch Gäste waren herzlich willkommen.
Mithval hockte auf einem der Podeste. Schließlich sollten drei Freunde von Gilfea heute Seelen werden. Und da sich Gilfea freute, freute er sich ebenfalls. Selbstverständlich waren auch Lindor und Seregsil zusammen mit den anderen Elterndrachen anwesend. Die Drachen hatten die Mauer besetzt und ließen die Mittagssonne ihre Schuppen wärmen. Obwohl sie ihre Flügel angelegt hatten, war es ein beeindruckender Anblick.
Auf der anderen Seite des Hofes, der Mauer mit den Eiern gegenüber gelegen, hatte man eine Tribüne für die Zuschauer errichtet. Gilfea saß zusammen mit Tom, dem Zwerg, bei den Zuschauern. Heute war nicht ihr Tag, sondern der ihrer Freunde. Xu, Franciscus und Mithrandor standen am Fuß der Tribüne zusammen mit ihrem Lehrer, der ihnen die letzten Anweisungen gab.
»Seid ganz natürlich. Der Drache kennt euch besser, als ihr euch selbst. Habt keine Angst, dass ihr euren Drachen nicht mögt. Ihr werdet ihn oder sie mögen, denn nur wenn ihr ihn wirklich mögt, wird er euch erwählen«, gab der Lehrer als wirklich letzte Information, »Und noch etwas: Es ist keine Schande, wenn ihr jetzt noch sagt, dass ihr nicht könnt. Macht es nur, wenn ihr euch absolut sicher seid.«
Was der Direktor gesagt hatte, war Zeremonie; dies war ernst. Der Lehrer schaute nochmals jedem Einzelnen in die Augen. Jeder Schüler nickte. Alle waren sich sicher. Alle wollten

Drachenreiter werden.
»Es geht los!«, meinte der Lehrer genau in dem Moment, nachdem er den letzten Schüler gefragt hatte. Das erste Ei bekam einen Riss. Mit einem deutlich hörbaren »Plick« war ein Stück der Schale abgesprungen. Ein kleiner Schnauzenansatz lugte hervor. Die Schüler begaben sich in den Innenbereich des Hofes und warteten ab. Obwohl gut vorbereitet, konnte man sehen, wie aufgeregt und ängstlich viele waren. Das erste Ei schien eine Kettenreaktion ausgelöst zu haben. Wie auf Kommando begannen die anderen Eier ebenfalls Risse zu bekommen und platzten auf. Diejenigen, die noch nie an diesem Ereignis teilgenommen hatten, waren überrascht, wie schnell plötzlich alles ging. Wenige Momente, nachdem das erste Ei einen Riss bekommen hatte, wuselte mit einem Mal eine ganze Armada Babydrachen zwischen den Reiteranwärtern umher.
Gilfea beobachtete, wie Xu, Mithrandor und Franciscus drei Schritte voneinander entfernt in der Mitte des Hofs standen und die um sie herumwandernden Drachen aufmerksam musterten. Alle Drachenbabys sahen gleich aus. Sie waren graubraun. Nichts deutete darauf hin, welcher Gattung sie angehörten, dies zeigte sich erst, nachdem sie ihre Seele gefunden und sich mit ihr vereinigt hatten.
Xu erwischte es als Erste. Nicht nur vor ihren Freunden, sondern sogar vor allen anderen Schülern wurde sie als Erstes erwählt. Ein Drachenbaby, knapp halb so groß wie Xu, blieb vor ihr stehen. Drache und Reiterschülerin sahen einander an. Der Drache lächelte, und Xu liefen plötzlich Freudentränen die Wangen herunter. Etwas, das man bei dem harten Mädchen, der Tochter einer Meeresamazone, niemals vermutet hätte. Der Drache begann eine Wolke roten Lichtes zu imitieren. Das Leuchten dehnte sich aus, umschloss Xu und hüllte schließlich beide Partner ein.
Gilfea schaute glücklich zu seinem Drachen und schenkte ihm einen dankbaren, versonnenen Blick. Bei ihnen beiden war es anders gewesen. Gilfea war nicht bei Bewusstsein gewesen, schlimmer noch, er hatte im Sterben gelesen als Mithval die Vereinigung vollzogen hatte.
»*Mithval*«, dachte Gilfea glücklich.

»*Gilfea*«, dachte sein Drache und blickte von seiner Zinne zu Gilfea hinab.
In der Zwischenzeit war das rote Leuchten um Xu und den Drachen so hell geworden, dass es alles überstrahlte. Innerhalb des Leuchtens vollzog sich die Vereinigung. Es dauerte nur wenige Momente, dann explodierte das Leuchten in einem Glitzern und zurück blieb eine überglückliche Xu, die einen leuchtend silberblauen Meeresdrachen in ihren Armen hielt. Es war genau so gekommen, wie Xu es sich gewünscht hatte.
Noch während Xu und ihr Drache das Feld verließen, um sich in einer separaten Halle näher kennenlernen zu können, wurde Mithrandor von einem Drachen ausgewählt. Schlag auf Schlag fanden Drachen und Reiter zueinander. Mithrandors Partner war eine grüne Grasdrachendame, was den Elben überraschte. Er hatte sich einen Grasdrachen gewünscht, aber als er Filonda sah, war er sprachlos. Sprachlos vor der Weisheit der Drachen, ihm ein derartiges Geschenk zu machen.
Von den acht Schülern hatten alle – bis auf einen – einen Partner gefunden. Alle, bis auf Franciscus. Der ehemalige Klosterschüler war verwundert, sogar ein wenig traurig. Sollte er etwa doch nicht würdig sein, die Seele eines Drachen zu werden? Aber es waren doch acht Eier und aus allen Eiern war ein Drachenbaby geschlüpft. Hilflos und verunsichert schaute sich Franciscus im inzwischen leeren Hof um. – Da stand er.
Es war ein Drachenbaby. Kleiner als die anderen hockte er neben seinem Ei und musterte Franciscus lange und ausgiebig.
»Und?«
Franciscus wirbelte herum. Wer hatte da gesprochen?
»Hier bin ich.«
Franciscus schaute nach links, nach rechts, niemand war da, außer den mucksmäuschenstillen Zuschauern auf der Tribüne und dem kleinen Drachenbaby ein paar Meter vor ihm...
»Du?«, fragte Franciscus und eilte dem Drachen entgegen.
»Ja, ich«, der Drache verzog keine Miene, ernst und nachdenklich schaute er Franciscus an, »Bist du dir sicher? Ganz sicher, dass du es tun willst?«
»Du kennst die Antwort. Du bist ein Drache. Du wärst nicht geschlüpft, wenn du es nicht wissen würdest.«

»Ah, ich verstehe. Ist unsere PR wirklich so gut? Franciscus, auch wir Drachen können uns irren. Wenn du meinst, dass du es nicht kannst...«

»Aber du würdest sterben...«

»Und wenn schon... Es wird andere Eier geben.«

»Warum fragst du mich das alles? Bei den anderen Schülern...« Franciscus bekam es mit der Angst zu tun. Hatte er versagt? Hatte er etwas Falsches getan? Warum zögerte der Drache? War er, Franciscus, nicht würdig?

»Oh, doch, du bist würdig ein Drachenreiter zu sein. Wenige, sehr wenige sind würdiger als du. Ich zögere, weil ich Angst habe. Angst, dich zu überfordern. Du hast nie gesagt, was du dir für einen Drachen wünschst. Deine Freunde, von Gilfea einmal abgesehen, hatten ganz klare Vorstellungen. Xu wollte einen Seedrachen und Mithrandor natürlich einen Grasdrachen. Aber du... Ich bin nicht sicher, dass ich dir das anbieten kann, was du dir wünschst.«

»Was kannst du mir anbieten?«

»Nicht viel, eigentlich nur zwei Dinge, meine Freundschaft und sehr, sehr viel Verantwortung. Wenn du zulässt, dass ich dich erwähle, wirst du mehr Verantwortung übernehmen müssen, als du dir vorstellen kannst.«

»Und wenn ich die Verantwortung für jeden einzelnen Drachen, Menschen, Zwerg oder Elb, für jedes einzelne Lebewesen in dieser Stadt übernehmen müsste, ich würde es tun, wenn ich dafür deine Freundschaft gewinne!«, Franciscus wusste nicht, wieso er diese Worte wählte, warum er sich plötzlich so sicher war, so sicher, wie noch nie in seinem Leben, dass er die Seele dieses Drachen werden wollte, werden musste.

»*Na dann!*«, tönte es in Franciscus' Kopf. Alles, was er noch sehen konnte, waren die rot glühenden Augen des Drachen. Eine Wolke roter Wärme, Liebe und Energie schloss ihn ein, sickerte in ihn hinein. Eine Wärme, die ihn niemals verlassen würde.

»*Überraschung!*«, rief Mithval von seinem erhobenen Platz in Gilfeas Kopf genau in dem Moment, als die rote Wolke um Franciscus und seinen Drachen glitzernd explodierte. Ein Raunen ging durch die Gäste auf der Tribüne. Der Schuldirektor ließ vor Schreck seine Akten fallen. Neben Franciscus stand kein Bronzedrache, auch kein roter Drache, nicht mal einer der seltenen Silberdrachen. Franciscus' Drache war golden. Als ein Sonnenstrahl auf seine Schuppen fiel, reflektierten sie das Licht und warfen glitzernde, gelb-goldene Lichtflecken auf Wände und Böden.

Franciscus war von einem Golddrachen erwählt worden. Diese Nachricht verbreitete sich wie ein Lauffeuer in Daelbar. Goldene Drachen waren sehr, sehr selten. Fingolf war seit vielen Hundert Jahren der einzige Golddrache gewesen, von dem man wusste.

Niemand war verwundert, als plötzlich Fin aus heiterem Himmel auftauchte und zu Franciscus hinabflatterte. Gilfea hielt es nicht mehr auf der Bank, und er sprang auf, um zu Franciscus hinab zu gelangen. Er erreichte ihn im gleichen Moment wie Mithval, der von seiner Mauerzinne herabgesegelt kam.

»Darf ich euch meinen Partner vorstellen«, begrüßte Franciscus seine Freunde stolz und hatte dabei Tränen der Rührung in den Augen, »Dieser Goldjunge ist Guldur.«

»Hallo, kleiner Bruder«, tönte Fins sonore akustische Stimme durch den Hof, »Hast du endlich eine passende Seele gefunden?«

»Ja! Er wird eine gute, eine sehr gute Seele werden.«

»Hab ich doch gleich gesagt. Gilfea würde sich nie in seinen Freunden irren«, mischte sich Mithval vorlaut ein. Alle Drachen grinsten den schwarzen Typen an.

»Und wann gedenkst du, Mithval, uns deine Art und Gattung zu enthüllen?«

»Ich weiß es nicht«, gestand Mithval in normaler Sprache, »Ich habe selbst keine Ahnung, was für ein Drache ich bin. Ich wachse wie verrückt. Ich habe jetzt drei Schübe hinter mir und bin fast so groß wie Fin. Dabei werde ich erst in etwa drei Jahren ausgewachsen sein. Ich weiß es einfach nicht. Aber es ist unwichtig. Heute ist ein Tag zum Feiern. Acht neue Verbindungen, das heißt acht glückliche Seelen und acht glückliche Reiter.«

Wo er recht hatte, hatte er recht. Nach ein paar Stunden der Ruhe, in denen sich Reiter und Seelen miteinander bekannt machten, fand ein großes Festbankett im großen Zeremoniensaal der Schule statt.

Die Monate zogen dahin. Wenige Tage nachdem Gilfeas Freunde zu den Seelen ihrer Drachen geworden waren, begann für ihn und seinen Drachen der gemeinsame Flugunterricht. Zusammen mit dem Fluglehrer und einigen Mitschülern fanden sie sich auf einem rasenbedeckten Plateau eines der Berge von Daelbar ein.

»Als Erstes prüft bitte alle, dass die Sattel und Gurte richtig sitzen. Ihr wollt doch nicht, dass euer reptilscher Freund Druckstellen bekommt, oder ihr in 1000 Meter Höhe vom Drachen fallt.«

Ohne Lehrer waren sie eine Gruppe von sechs Schülern und sechs Drachen. Mithval, der nun bereits seinen fünften Wachstumsschub hinter sich hatte, war zu einem wahren Monster herangewachsen. Ein gigantischer, pechschwarzer Drache war er geworden, der in Höhe, Flügelspannweite und Masse alle anderen ausstach. Die einzigen Drachen, die noch mithalten konnten, waren die Silberdrachen – und fast gleich groß war der alte Golddrache Fingolf. Die Lehrer und Drachenexperten, selbst die Drachen unter den Drachenexperten, waren ratlos. Niemand wusste, welcher Art Mithval eigentlich angehörte. Manche meinten, vielleicht wäre er eine neue Gattung, eben ein schwarzer Drache. Doch Mithval verneinte. Er war sich sicher, dass seine schwarze Farbe nicht endgültig war. Wobei er sich allerdings absolut sicher war, war, dass er nicht mehr viel wachsen würde. Dies war entscheidend, denn Drachen im Wachstum sollten nicht versuchen mit ihren Seelen zu fliegen. In der Vergangenheit war es immer wieder zu schweren, wenn auch glücklicherweise nicht tödlichen Unfällen gekommen. Die größte Gefahr bestand darin, dass ein Drache als Nachwirkung eines Wachstumsschubs während des Flugs einen Krampf bekam. Dies war eine häufige Nebenwirkung und stellte ein echtes Risiko dar.

Da aber Mithval meinte, dass er vom Körperbau her ausgewachsen war, gaben die Flugleiter ihre Einwilligung, dass Gilfea und Mithval miteinander fliegen durften.

Gilfea hatte gerade alle Gurte auf festen, scheuerfreien Sitz geprüft, als sein Lehrer zu ihm kam.
»So, lasst mich mal sehen«, der Lehrer prüfte ebenfalls alle Gurte und meinte schließlich: »Das sieht alles sehr gut aus. Mithval, wie fühlt sich das an? Drückt es irgendwo?«
»Nö, alles sehr gut.«
Der Lehrer wandte sich allen Drachen und Reitern zu: »Also, als Erstes werden die Drachen ohne euch fliegen. Ihr habt alle sehr gut gearbeitet. Kein Drache scheint das Gurtzeug und euren Sitz wirklich zu spüren. So soll es sein. Ein Sitz sollte den Drachen nicht ablenken. Er darf nicht drücken und nicht scheuern. Trotzdem verändert er natürlich die Gewichtsverteilung, und daran sollen sich eure Freunde erst einmal gewöhnen. Also, meine Monster, ab in die Luft!«
Ein Drache nach dem anderen hob ab. Mithval, als das größte der Monster, wirbelte Unmengen Luft auf, sodass sich alle Anwesenden wegdrehen mussten. Gilfea beschlich die Idee, dass er dies absichtlich tat.
Die nächsten Minuten umschwirrten die Reptilien die Bergspitze und testeten, ob sich durch die Sitzkonstruktion ihr Flugverhalten geändert hatte. Als ihnen klar war, was sich verändert hatte, begannen sie einer nach dem anderen punktgenau neben ihrer Seele zu landen.
»So! Alle wieder heil gelandet?«, fragte der Fluglehrer und schaute sich um, »Gut, dann wird es jetzt ernst. Die Reiter sollten jetzt mal versuchen, auf ihre Sattel zu kommen. Und ... meine geflügelten Freunde ... seid nachsichtig mit euren Seelen. Sie stellen sich immer tollpatschig an.«
Womit der Lehrer Recht hatte. Außer Gilfea, der etwas Erfahrung hatte, da er bei Lindor und Toldin schon öfter mitgeflogen war, stellten sich alle angehenden Drachenreiter eher hilflos und ungelenk an. Selbst Gilfea wusste nicht, wie er auf Mithval hinaufklettern sollte. Das Reptil war einfach gigantisch groß.
»*Hilfst du mir*?«, fragte er.
»*Sicher*!«
»*Könntest du das auch etwas präziser machen*?«
»*Also, mir wäre es am liebsten, wenn du über meinen linken Flügel – das*

ist von dir aus rechts – hinaufkletterst.«
»*Warum links?*«
»*Das ist meine Schokoladenseite.*«
Mithval winkelte seinen linken Flügel an, sodass eine Art Treppe entstand.
»*Bist du sicher, dass ich dir nicht weh tue, wenn ich auf deinen Flügel treten?*«
»*Es wird mich umbringen*«, meinte Mithval mit todernster mentaler Stimme.
Gilfea zuckte mit seinen Schultern und kletterte los. Natürlich ließ Mithval Gilfeas Bemühungen nicht unkommentiert.
»Au! ... Uh! ... Autsch! ... Ahhhh! ... Nein, du Trampel ...«, jammerte Mithval akustisch.
Auf seinem Reitsattel angekommen, meinte Gilfea: »Du bist ein hoffnungsloser Quatschkopf!«
»Ja, aber so magst du mich doch am liebsten!«, kicherte Mithval.
»Oh, mein Gott!«, tönte es vom Flugfeld. Der Lehrer hechtete von Drachen zu Drachen und hatte alle Hände damit zu tun, zu verhindern, dass die angehenden Reiter von ihren Drachen purzelten. Manche stellten sich wirklich sehr unbeholfen an.
»Ihr müsst euch untereinander abstimmen!«, der Lehrer holte tief Luft, »Oh Mann, das wird ein langer Tag...«
Der wurde es dann auch. Es dauerte zwei Stunden, bis alle Paare soweit waren, dass der Reiter sicher und schnell auf seinen Drachen kam.
»Ihr müsst immer daran denken, dass ihr in eine Gefahrensituation geraten könntet. Bei einem Orktrupp mit Jagdlanzen ist eure wichtigste Strategie die Flucht. Dann könnt ihr es euch nicht leisten, erst noch zwei Stunden mit eurem Drachen zu diskutieren, wie ihr auf ihn rauf kommt. Die Drachen wissen, wie man fliegt. Sobald ihr in der Luft seid, wird er sich um alles kümmern. Aber dafür müsst ihr erst in die Luft kommen.«
Alle übten bis zum Abwinken. Jeder Reiter verstand die Wichtigkeit, dieses und andere Manöver im Schlaf beherrschen zu müssen. Und obwohl die Drachen alle ziemlich alberne Quatschköpfe waren, halfen sie ihren Seelen geduldig bei den Übungen. Währenddessen ging der Fluglehrer von Paar zu Paar

und gab Anweisungen. Mit der Zeit wurden die Anweisungen zu kleineren Erklärungen, schließlich gab er nur noch kurze Tipps und Kniffe. Etwa, wie der Drache mit einer Flügelbewegung dem Reiter Schwung geben konnte, damit dieser quasi in seinen Sattel springen konnte, oder, wie man das Gurtzeug als Kletterhilfe benutzte. Jeder Tipp war anders, da sich die Drachen in ihrer Physiognomie teilweise deutlich voneinander unterschieden. Grasdrachen waren eher schlank, länglich und sehr gelenkig. Mit ihrem Flügel konnten sie ihre Reiter wie mit einem Fahrstuhl hochfahren. Bronzedrachen waren dagegen eher stämmig und gedrungen gebaut. Die Reiter mussten wirklich klettern, was allerdings leichter als bei einem Grasdrachen ging, da die Schuppen der Bronzedrachen grob und hart, die Schuppen der Grasdrachen fast wie eine glatte Haut waren. Mithval fiel in keine bekannte Kategorie. In erster Linie war er riesig. Dennoch fiel sein Erscheinungsbild eher schlank aus, wie bei einem Grasdrachen. Nur eben sehr viel größer. Und trotzdem besaß Mithval eine beneidenswerte Agilität. Wenn er für sich alleine durch die Luft flog, war jeder verwundert, mit welcher Körperbeherrschung und Präzision er mit dem kleinsten Hauch Thermik spielen konnte.

»Nun, es ist zwar spät geworden«, rief der Fluglehrer, als er endlich zufrieden war, »Aber ich denke, ihr habt alle eine Belohnung verdient. Auf Drachen, fliegt!«

Es war ein Scherz – und es war kein Scherz. Der Scherz bestand darin, dass es sich um ein Ritual dieser ersten Flugstunde handelte. Die Drachen konnten fliegen. Ob ein Reiter auf ihnen saß oder nicht, war bei ihrer Stärke wirklich egal. Es bestand auch keine Gefahr, dass ein Reiter abstürzte. Ein Drache wusste dies instinktiv zu verhindern. Wie von einem Drachen nicht anders zu erwarten, freuten sie sich alle diebisch darauf, ihren Reitern einen gehörigen Schrecken einzujagen. Denn sie hoben wirklich ab. Sie holten mit ihren Flügeln aus und erhoben sich in die Luft.

Andererseits war es auch kein Scherz. Es war ein Test in Vertrauen. Wie reagierte der Reiter? Natürlich waren Drache und Reiter ein Wesen, natürlich liebten sie sich auf ihre besondere, nicht körperliche Art und natürlich vertrauten sie einander.

Nur... Drachenreiter waren keine Vögel. Die Luft war nicht ihr Element. Selbst wenn ein Reiter seinem Partner noch so sehr vertraute, gegen seinen Bauch und sein Unterbewusstsein, war er machtlos.
Von den sechs Reitern fingen genau zwei an, panisch zu kreischen, zwei sahen immerhin nicht verängstigt aus und die übrigen zwei schienen mächtig Spaß zu haben. Wie nicht anders zu erwarten, war Gilfea einer von ihnen.
»Wow! Das ist fantastisch!«, rief Gilfea Mithval zu.
Der Drache hatte sich mit gerade einmal drei kräftigen Flügelschlägen in die Luft erhoben und kreiste nun ruhig über dem Flugfeld. Die Monate der Vorbereitung und des Lernens zahlten sich aus. Während Gilfea, wie die anderen Drachenreiterschüler, die Schulbank gedrückt und sich mit allerlei Wissen hatte vollstopfen lassen, wurden die Jungdrachen von mehreren erfahrenen Altdrachen in den Künsten des Drachenflugs unterrichtet. Man lehrte sie, wie man leichtfüßig ohne Anlauf startete oder mit minimalen Flügelbewegungen ruhig in der Luft kreisen konnte. Man zeigte ihnen, wie man Thermik erkannte und ausnutzte, wie man blitzschnell herabstürzte, um dicht über dem Boden ein Ziel jagen zu können. Die Drachen lernten alles, was es zum konventionellen Flug zu lernen gab, denn ihre Lehrer waren die Besten. Drachen wie Lindor, Toldin und Fingolf betrachteten es geradezu als ihre Pflicht, ihre Erfahrungen weiterzugeben. Insbesondere Fingolf, der als alter Golddrache Daelbar selten verließ, war als geduldiger und kompetenter Lehrer geschätzt. Obwohl Fingolf jeden Drachen, egal welcher Art er angehörte, gleich gerne mochte, lag sein Hauptaugenmerk auf Mithval. Der alte Fin wusste, dass Mithval durch seine enorme Größe stärker mit der Flugphysik zu kämpfen hatte, als die grazilen Grasdrachen. Und so erhielt der schwarze Drache einige private Extrastunden. Über die Zeit entwickelte sich zwischen Fin und Mithval eine Freundschaft, so wie zwischen einem großen und einem kleinen Bruder, obwohl ein paar Hundert Jahre zwischen beiden lagen.
»*Das nennst du fantastisch? Dann warte mal ab!*«
Mithval legte seine Flügel ein wenig an und schoss mit rasender Geschwindigkeit in einer Parabelbahn abwärts Richtung Tal.

Wenige Meter über der Erde fing er sich ab und jagte wieder in die Höhe.
»Scheiße, das ist der helle Wahnsinn! Ich hoffe, du weißt, was du tust?«, kreischte Gilfea.
»*Nö!*«, meinte Mithval und flog einen Looping.
Obwohl der Drache die aberwitzigsten Flugmanöver absolvierte, hatte Gilfea keine Sekunde lang das Gefühl, sich nicht in absoluter Sicherheit zu befinden. Trotz seiner anderslautenden Behauptung wusste der Drache ganz genau, was er tat.
»*Erinnerst du dich? Im Vulkankessel hatte ich es dir versprochen. Als unsere Freunde angeflogen kamen, sagte ich zu dir ›Eines Tages, werden du und ich, wir beide, zusammen fliegen!‹ Ich habe es nicht vergessen. Mithval, ich danke dir. Du bist ein ganz besonderer Drache und der beste Freund, den ich mir vorstellen kann. Komm, lass uns zurückfliegen.*«
Noch während Gilfea sprach, hatte Mithval bereits den Rückflug angetreten. Wenig später landeten sie, als letztes Paar, auf dem Flugfeld, wo sie von den anderen und einem schmunzelnden Lehrer bereits erwartet wurden.
»Für heute machen wir Schluss. Morgen setzten wir das Flugtraining fort...«, verkündete der Lehrer.
»Ich hätte da noch eine Frage«, meldete sich ein Schüler namens Zerovian, »Mir ist der Zweck dieses Kurses nicht klar. Wir haben nur gelernt, wie man auf einen Drachen rauf kommt. Das Fliegen übernimmt unser Drache. Wozu also der Kurs?«
Der Lehrer nickte, dies war eine häufig gestellte Frage.
»Es geht nicht darum zu lernen, wie euer Drache fliegt. Es geht darum zu lernen, mit dem Drachen zu fliegen. Wenn ihr zusammen unterwegs seid, ist es die Aufgabe des Reiters, den Kurs zu bestimmen. Ihr übernehmt die Führung. Was wir euch beibringen werden, ist, wie ihr mental eins werdet mit eurem Drachen. Im Moment könntet ihr eurem Drachen sagen: Flieg mich dort hin! Am Ende dieses Kurses wird diese Art der Kommunikation nicht mehr notwendig sein. Wenn ihr zu einem bestimmten Punkt hinfliegen wollt, dann tut ihr es einfach, ohne auch nur einen Gedanken daran verschwenden zu müssen.«
»Ich verstehe«, meinte Zerovian.
»Nein, nicht ganz«, erwiderte der Lehrer, »Es geht um etwas

anderes. Es geht darum, dass ihr zwischen den Welten fliegen können müsst. Jenseits von Zeit und Raum müsst ihr wirklich ein Wesen sein. Euer Denken muss eins sein.«

Hyperspace

Ich mag es nicht, zwischen den Welten zu fliegen. Es ist saukalt, dass einem der Arsch abfriert, während man gleichzeitig das Gefühl hat, deutlich zu viel getrunken zu haben...

Obwohl, die Lightshow ist geil!

KASIMIR N'GARDO, Seele des Golddrachens FINGOLF

Die Zeit verging wie im Flug. Gilfea, Tom, Xu, Franciscus und Mithrandor entwickelten sich zu einem perfekt eingespielten Team. Man unterstützte sich gegenseitig. Tom, der Zwerg, zeigte eine erstaunliche Begabung bei allem, was mit Sprachen zu tun hatte, obwohl er eigentlich an die Schule gekommen war, um metallurgische Magie zu studieren. Keine Sprache schien zu kompliziert zu sein, als dass er sie nicht innerhalb weniger Wochen beherrschte. Nicht nur war er in der Lage Bücher oder andere Formen der Schriftspeicherung fließend zu lesen, er konnte sich, soweit die Sprache aussprechbar war, sogar fließend in ihr artikulieren. Gilfea war selbst Zeuge, wie Tom sich wechselweise in Sindarin, Eisenbergorkisch und Xinuwendax unterhielt, obwohl Letzteres nicht gesprochen wurde, sondern aus komplexen farbigen Lichtmustern bestand.
Aber Tom beherrschte die Sprachen nicht nur, er konnte sein Wissen auch vermitteln. Bei ihm lernten die anderen der Gruppe das, was sie bei ihren Lehrern nicht lernten. In gewisser Weise galt dies auch für Xu, allerdings für ein völlig anderes Themengebiet. Xu stand voll in der Tradition ihrer Mutter: Xu war eine Amazone. Sport, ob normaler oder Kampfsport, war ihr einfach in die Wiege gelegt.
Franciscus war der Analytiker. Geschichte, Politik, Jura, eigentlich alle Geisteswissenschaften flogen ihm zu. Franciscus entwickelte sich zu einer politischen Person, ohne dabei zum abgeklärten, korrupten Politiker zu werden. Man musste ihn beknien, sich als Schülersprecher aufstellen zu lassen. Als er dann mit überragender Mehrheit gewählt wurde, fragte er den

unterlegenen Gegenkandidaten, ob er nicht sein Stellvertreter werden wollte. Franciscus' Weg führte unweigerlich zu einem öffentlichen Amt. Nachdem er Schülersprecher geworden war, dauerte es kaum ein Jahr und er wurde, zusammen mit Guldur, in den Rat von Daelbar gewählt. Obwohl er gerade einmal 17 Jahre alt war, hielt man hohe Stücke auf seine Meinung.
Blieben noch Mithrandor und Gilfea. Beide entwickelten sich zu Profis in Naturwissenschaften und Magie. Interessant dabei war, dass sie sich von unterschiedlichen Seiten näherten. Mithrandor, elbisch geprägt, sah die Magie der Naturwissenschaft, während Gilfea eher in den Naturwissenschaften Magie sah. Mithrandor rechnete im 13,3-dimensionalen Magiequantenraum, um ein physikalisches Problem zu beschreiben. Gilfea wählte umgekehrt für ein magisches Phänomen das Quantenersatzrechensystem nach Professor Dr. Kardinal Eusebius Kartenbichler.
Im Endeffekt gelangten beide zum selben Ergebnis. Für Mithrandor und Gilfea war es keine Frage der Ideologie. Gilfea glaubte an Magie. Für einen Drachenreiter wäre alles andere ein ziemlich absurdes Verhalten gewesen. Für Mithrandor, als Elb und ähnlich wie Drachen ein teilmagisches Wesen, stand das Thema Magie überhaupt nicht zur Diskussion, er lebte und erlebte sie am eigenen Leibe.
Jeder der fünf war ein wertvolles Mitglied in ihrem Team. Jeder steuerte mit seiner Persönlichkeit und mit seinem Wissen etwas bei, dass der Gruppe andernfalls schmerzlich gefehlt hätte.
Und wer wollte die Drachen vergessen? Vier der fünf waren Drachenreiter. Neben Mithval und Guldur gab es noch Mithrandors Grasdrachendame Galdorin und Xus Seedrache Ythlingas, den Xu kurz Yth nannte. Wie die Fünf schienen sich auch die vier Drachen gut zu ergänzen. Unter der persönlichen Anleitung von Fingolf vervollkommneten sie ihre Flugkünste. Wobei jeder eine spezielle Begabung besaß. Yth war der geborene Jagddrache. Mit einer Sehkraft, die eine Nadel in tausend Heuhaufen ausfindig machen konnte und einer Sturzgeschwindigkeit, die jenseits von Gut und Böse lag, war Yth der ultimative Offensivdrache.
Galdorin schien hingegen eher eine Spionagelaufbahn zu planen. Jedenfalls brachte er regelmäßig das Kunststück fertig, vor den

Augen der anderen Drachen zu verschwinden. Galdorin schaffte es, sich vollkommen der Natur anzupassen. Als Grasdrache war dies in Wald- und Wiesengebieten noch einfach. Auf felsigem Grund zeigte der Drache aber eine erstaunliche Fähigkeit, er konnte die Farbe seiner Schuppen ändern. Zwar nicht sehr lange, da er sich dafür konzentrieren musste, aber lange genug, um nicht entdeckt zu werden.

Guldur, der Golddrache, war einfach majestätisch anzusehen. Er schien direkt in die Fußstapfen Fingolfs treten zu wollen. Mit drei Jahren wurde er bereits in den Rat gewählt. Viele sahen in ihm bereits ein zukünftiges Regierungsmitglied. Guldur war einfach ein Drache, dem man Respekt zollen musste. Nicht etwa, weil er ihn einforderte, sondern weil er ihn auf eine natürliche Weise zu verdienen schien.

Und Mithval? Er war so einzigartig wie seine Hautfarbe. Mithval war einfach Mithval. Der unkonventionellste Drache, den die Welt je gesehen und erlebt hatte. Und der Albernste.

»Lust auf einen Ausritt?«

Es war ein wunderschöner Sommerabend. Die letzten Strahlen der Sonne strichen goldrot über Daelbar und ließen die Stadt in einem überirdischen Licht erglühen. Mithval flog geschmeidig an seiner und Gilfeas Höhle vorbei und ließ sich elegant auf der Startrampe nieder.

»Jetzt?«

Gilfea saß auf einem Gartenstuhl in seinem Garten und schaute dem Schauspiel des Sonnenunterganges zu. Bevor Mithval ihn mit seiner Frage überraschte, war Gilfea tief in Gedanken versunken gewesen. Was war bloß alles in den letzten vier Jahren passiert? Wie sehr hatte sich sein Leben doch geändert. Er lebte jetzt seit fast vier Jahren in Daelbar. In diesen Jahren war er von einem 15jährigen Kind zu einem 19jährigen gut gebauten jungen Mann herangewachsen. Er hatte tolle Freunde, er hatte sich den Respekt seiner Lehrer erarbeitet und er hatte sogar so etwas wie eine Familie, wenn man sieben Drachen mit sieben Seelen samt Anhang als Familie bezeichnen wollte. Natürlich mochte er jeden

aus seiner Großfamilie und alle mochten Gilfea, aber Thonfilas, Roderick und Turondur standen ihm am nächsten. Ihre Drachen natürlich auch. Lindor schien Gilfea und Mithval sogar ganz besonders in sein Herz geschlossen zu haben.
Gilfea war glücklich. In zwei Monaten würde seine Schulzeit mit der Abschlussfeier enden. Er und Mithval wären dann ein richtiges Team. Sein Leben war fast perfekt. Wäre da nicht diese eine Sache. Er vermisste einen Partner. Nicht Mithval – sein Drache war mehr als das, er war ein Teil von ihm. Gilfea sehnte sich nach einem Liebhaber. Jemandem, den er lieben, begehren, in den Arm nehmen, küssen und verehren konnte. Jemanden, mit ihm er schlafen und mit dem er sein Glück teilen konnte. Sehnsüchtig sah er, wie sehr sich Roderick und Thonfilas liebten. Genau solch eine Liebe wünschte sich Gilfea ebenfalls.
»Und warum unternimmst du nichts?«
Mithval hatte recht. Gilfea war solo, und er war nicht wirklich unschuldig an diesem Zustand. Während es zwischen Xu und Franciscus gefunkt hatte und sich etwas sehr Süßes zwischen den beiden entwickelte, hatte Gilfea in den Jahren nichts unternommen. Für die letzten vier Jahre hatte er immerhin eine gute Ausrede: Schule. Aber in zwei Monaten war Schluss. Er würde etwas unternehmen müssen. Es musste da draußen in der weiten Welt doch jemanden geben, den er lieben konnte.
»Komm! Ich möchte, dass du eine Runde mit mir fliegst«, forderte Mithval nachdrücklich.
Gilfea lächelte versonnen vor sich hin. Mithval wollte mit ihm in den Sonnenuntergang fliegen? Warum nicht? Er schnappte sich seine Flugjacke, zog die Flughose und die Stiefel an und kletterte auf den Sitz auf Mithvals Rücken.
»Und wohin soll es gehen?«
»Überraschung!«, meinte Mithval und hob ab. Der Drache schraubte sich in die Höhe, so hoch, dass Gilfea ganz Daelbar überschauen konnte.
»Was hast du vor?«
»Heute ist der Tag!«, meinte Mithval und stürzte los.
Der Drache nahm Fahrt auf, wurde richtig schnell. Als Gilfea der Wind nur so um die Ohren pfiff, breitete sein Drache plötzlich die Flügel sehr weit aus. Während er dies tat, wurde es

plötzlich ganz ruhig. Der Wind war verschwunden, obwohl die Geschwindigkeit nicht abgenommen hatte. Mithval begann zu summen. Im gleichen Moment fingen seine Flügel zu leuchten an. Goldenes Licht sickerte aus den Flughäuten und löste sich glitzernd vom Drachen ab. Gilfea traute seinen Augen nicht, die Welt schien sich um Mithval zu einer Röhre zusammenzufalten. Es sah so aus, als hätte jemand die Innenseite der Röhre mit der Welt bemalt. Als Mithval hineinflog, zog sich das Bild der Welt immer weiter auseinander. Das Bild des Tunnels verschmolz zu farbigen Linien. Mithval hielt auf einen gleißend weißen Punkt im Zentrum zu. Je näher sie diesem Punkt kamen, desto heller wurde die Umgebung, um schließlich in einer gigantischen Lichtkaskade zu explodieren.
Gilfea und Mithval waren zwischen den Welten. Das Erlebnis war unbeschreiblich. Gilfea hatte mit Toms Hilfe etliche Sprachen gelernt, doch in keiner gab es Worte, um diesen „Nichtort“ zu beschreiben. Zwischen den Welten gab es keine Wirklichkeit, da es hier weder Ort noch Zeit gab. Den einzigen formulierbaren Eindruck, den Gilfea in die Welt mitbrachte, war ein Gefühl. Er hatte das Gefühl, dass Mithval nach Hause gekommen war. Auf eine sehr magische Art waren sich Drachen und dieser „Nichtort“ ähnlich. Vielleicht war das auch der Grund dafür, dass die Drachen diese Welt zwischen den Welten als Reiseweg betreten konnten. Niemand anderem war dies bisher gelungen. Insbesondere scheiterten die Wissenschaftler der unifizierten Technokratie regelmäßig daran einen Hyperraumtransport zu schaffen. Hyperraum, das war der langweilige und technokratische Name, den sie diesem einmaligen Ort gegeben hatten.
Da Zeit nicht existierte, konnte Gilfea nicht sagen, wie lange er und Mithval zwischen den Welten verbrachten. Jedenfalls materialisierten sie sich in der gleichen Sekunde, in der sie sich dematerialisiert hatten. Allerdings lagen Dematerialisierungspunkt und Materialisierungspunkt etliche Tausend Meilen voneinander entfernt. Drache und Reiter tauchten über einem Ozean auf. Weit und breit schien es nur Wasser zu geben, bis Gilfea eine kleine Insel entdeckte, auf die Mithval zuhielt.

Sie landeten. Mithval setzte Gilfea vor sich ab. Der Drache stand vor seiner Seele und sah ihn drachenuntypisch ernst an.
»Gilfea, Seele von Mithval, von heute an bist du ein wahrer Drachenreiter. Ich erneuere den Bund zwischen uns. Ich bin ein Teil von dir und du bist ein Teil von mir. Wir sind eins. Gilfea, sieh mich an! Schau her und erkenne, wer ich wirklich bin. Ich bin Mithval, der Einzigartige. Mithval, der Mithrildrache, und du bist meine Seele!«
Mithval breitete seine Flügel aus, erhob sich zur vollen Größe. Seine schwarze Haut begann zu glänzen. Das Schwarz gewann an Tiefe, als könne man in die Haut hineinsehen, dabei veränderte sich die Farbe ins Silberne, ohne die schwarze Färbung zu verlieren. An den Schuppenrändern schien sich das Licht zu brechen und in allen Farben des Regenbogens reflektiert zu werden. Mithval strahlte silberschwarz glänzend mit einem Hauch Gold, das die kühle Strenge des Mithrils brach.
Dieser Drache war einzigartig. Es hatte niemals einen wie ihn gegeben und es würde nach ihm auch niemals einen wie ihn geben. Mithval war der Drache der Drachen.
Gilfea fehlten die Worte.
»Aber das bleibt unter uns, okay?«, meinte Mithval leise und faltete sich wieder zusammen. Zurück blieb ein mattschwarzer Drache unbekannter Gattung.
»Wow! Bist du sicher, dass du wirklich die richtige Seele ausgesucht hast?«, überkam Gilfea ein Anflug von Selbstzweifel. Er hatte gesehen, wie viel Verantwortung Franciscus mit einem Golddrachen übernommen hatte. Was würde da erst auf die Seele eines Mithrildrachen zukommen?
»Du bist absolut der Richtige! Außerdem, denk an den Aufreißfaktor: Wenn du da vor einem knackigen Typen stehst, kannst du sagen: Hey, willst du mal meinen Mithrildrachen sehen? Wenn das nicht zieht?«
»Oh, Junge, du bist wirklich schräg drauf. Erst offenbarst du mir, dass du so etwas wie eine geheime limitierte Drachenspezialedition bist, um im gleichen Moment zu sagen, dass ich dich zum Angeben und Abschleppen verwenden soll?«
»Jep!«
»Ich wusste es, ich bin mit einem verrückten Drachen

verbunden! Hilfe! Sanitäter! Mein Drache ist größenwahnsinnig!«

»Endlich wird dein Humor besser!«
»Ich geb's auf! Du hast gewonnen.«
»Natürlich, wer sonst?«
»Lass uns zurückfliegen«, meinte Mithval mit seiner akustischen Stimme, »Und bitte...«
»Ich weiß! Du brauchst es nicht zu erwähnen. Kein Wort über dein tatsächliches Wesen. Ich weiß, was du denkst. Die Welt ist noch nicht reif für einen Mithrildrachen.«
»Natürlich weißt du, was ich denke. Wir sind eins!«
»Für immer und ewig!«

Der Rückflug war um kein Jota weniger spektakulär als der Hinflug. Die Ankunft in Daelbar hingegen war überraschend. Gilfea und Mithval wurden von einer ganzen Herde Drachen und ihren Reitern empfangen. Jedes Paar, das abkömmlich war, kam zum Empfang der beiden, denn mit ihrem ersten Flug zwischen den Welten hatten Gilfea und Mithval eine Grenze überschritten. Von nun an waren sie wirkliche Drachenreiter und wurden mit tosendem Beifall empfangen. Gilfea und Mithval wussten, was nun kam, schließlich hatte Gilfea alles über diesen Tag in der Schule gelernt. Wenn ein Drache und seine Seele das erste Mal zwischen den Welten flogen, war dies die endgültige Besiegelung ihrer Verbindung. Von nun an waren sie wirklich ein Wesen. Dieses Ereignis sah man daher als eine Grenze zwischen zwei Lebensabschnitten an. Gilfea und Mithval waren ab sofort keine Schüler mehr, auch, wenn Gilfea seine letzten zwei Monate Unterricht noch abschließen würde. Die beiden waren von nun an mündig und besaßen alle Rechte und Pflichten eines jeden Daelbaners.
Es war Turondur auf Toldin, der die beiden offiziell mit der entsprechen Grußformel empfing.
»Mithval und Gilfea! Der Rat von Daelbar grüßt Seele und Drache. Möge euer Wirken segensreich für die Welt sein. Daelbar heißt euch willkommen! Dies ist eure Stadt, dies ist eure

Welt, dies sind eure Freunde. Mithval und Gilfea, die Drachen und Seelen verneigen sich vor euch, den neuen Bürgern Daelbars. Mitbürger, ehrt sie!«

Jonas

Rituale

Elben sind ein Relikt einer längst vergessenen Epoche. Man ist versucht ihren aristokratischen Dünkel und ihre Überheblichkeit als tradierte Folklore abzutun. Ich halte diese Haltung hingegen für verharmlosend und gefährlich. Ich empfinde im Gegenteil das Gebaren der Elben unserer Art und Lebensweise gegenüber äußerst diskriminierend und ehrverletzend.

Superindent GROBAK für den Orkstamm der GORVANS

Jonas hatte ein Problem. Eigentlich hatte er einen ganzen Sack voller Probleme, aber eines seiner vielen Probleme stand unmittelbar vor ihm. Das Problem hörte – manchmal – auf den Namen Krotos und war ein Mitschüler. Außer der Eigenschaft ein Mitschüler zu sein, war Krotos auch ein Ork, was in Anbetracht der Tatsache, dass Jonas ein Elb war, die ganze Problematik verständlicher machte. Krotos, wie alle Orks, war genetisch darauf programmiert, Elben gegenüber ablehnend zu reagieren. Man konnte es auch weniger diplomatisch ausdrücken: Orks hassten Elben und hätten am liebsten jeden Einzelnen abgeschlachtet und, wenn möglich, anschließend aufgefressen. Elben galten unter Orks als ausgesprochen delikat.
Nun kam es extrem selten vor, dass die Schulleitung eine derart drastische Eskalation der Dinge zuließ. Der letzte Vorfall, bei dem ein Elb auf dem Schulgelände von einem Ork erschlagen wurde, lag mehr als 25 Jahre zurück. Man achtete durchaus darauf, dass sich die Mitschüler untereinander nicht als Nahrungsquellen betrachteten. Trotzdem wäre es eine vollkommene Verkennung der Situation gewesen, leichtfertig den Schluss zu ziehen, dass Elben als potenzielle Opfer orkscher Übergriffe, und seien es auch nur die täglichen Beleidigungen und Provokationen, einen besonderen Minderheitenschutz genossen hätten. Weit gefehlt. Jonas' Schule befand sich im

Königreich Goldor II oder kurz G2. Goldors Regenten waren schon seit Langem der Meinung, dass magische oder teilmagische Wesen, wie Elben, eine potenzielle Bedrohung ihrer Macht darstellten. Niemand wird es darum wundern, dass das ehemals vorzügliche Verhältnis zwischen Menschen und Elben über die Jahrhunderte merklich abgekühlt war. Inzwischen bildeten die Elben in der Bevölkerung G2s einen verschwindend geringen Anteil. Als Naturwesen führten sie eher ein zurückgezogenes Leben und passten schlecht in die Metropolen wie Rauroscity. Unter dem Vorwand, den authentischen Lebensraum der Elben erhalten zu wollen und um ihre kulturelle Identität zu bewahren, begann man, Reservate zu schaffen, in die sich die Elbenpopulationen zurückzogen. Eigentlich hatten sie keine andere Wahl, da sich die Elben im Reichsvertrag von Osgilliath am Ende des vierten Zeitalters der Jurisdiktion des Königs von Goldor freiwillig unterworfen hatten. Niemand hätte damals, vor mehr als tausend Jahren, damit rechnen können, wie sich das Verhältnis der damals gleichen Partner zueinander entwickeln würde.
In Wirklichkeit steckte natürlich die Kurie der unifizierten Technokratie hinter der Verschlechterung des Klimas. Als Virogorn IV entschied, dass sein Volk eine umfassende Allgemeinbildung erhalten sollte und die Schulpflicht einführte, tauchte plötzlich das Problem auf, dass man dafür natürlich auch Lehrer und Schulen benötigte. Scheinbar völlig selbstlos erklärte sich der Orden der Techniker, dem Vorgänger der unifizierten Technokratie, bereit, diese Aufgabe zu übernehmen. Niemand ahnte, dass hinter diesem Angebot der langfristig angelegte Plan steckte, Einfluss auf das Denken und die Werte der Bürger des Reiches zu nehmen. Erst viele Hundert Jahre später begriffen einige wenige unabhängig denkende Bürger, welch perfider Plan wirklich hinter dem Unterricht des Klerus stand. Aber es war zu spät. Der Schaden war angerichtet, die Entfremdung der ehemals friedlich miteinander lebenden Völker hatte begonnen. Gleichzeitig wuchs die Macht des Klerus, der sich vom Orden der Techniker, zur Kirche der unifizierten Technologie, gewandelt hatte. In diesem Prozess wurden gleich Reihenweise andere Religionsgruppen, Sekten und Order kurzerhand

absorbiert. Noch ehe man begriff, was wirklich passierte, saßen an allen Schlüsselstellungen des Staates die Leute der Kirche. Kritik zu üben an Kirche oder Staat, wurde zu einem gefährlichen Unterfangen. Obwohl der König, seine Kämmerer und Minister formal die Macht im Reich besaßen, waren sie in Wirklichkeit Marionetten der Päpste, oder wie zu der Zeit, als Jonas die Schule besuchte, der Päpstin Paula-Sylvestra II.

Es war mal wieder einer jener typischen Schultage. Krotos genoss es, seine genetische Abneigung gegen Elben zu kultivieren, in dem er Jonas herumschubste, schlug, ihm ein Bein stellte, kräftig zutrat und sich über ihn vor allen Mitschülern als Elbenschwuchtel lustig machte.

Selbst der geduldigste Elb wurde irgendwann sauer. Jonas war sauer, besaß aber noch soviel Selbstbeherrschung, sein Missfallen nur durch ein abfälliges und wenig elbenhaftes Grunzen zu zeigen. Es war ein Grunzen zu viel. Vater Johannes, Lehrer und Priester der unifizierten Technokratie, sprang sofort darauf an.

»Jonas, ich missbillige Ihr Verhalten aufs Schärfste. Ich denke, Sie sollten sich bei Krotos entschuldigen.«

»Ich...« Jonas kannte das Prozedere. Er hatte es bestimmt hundert Mal durchgezogen. Er würde zu Krotos gehen, seinen Stolz herunterschlucken, versuchen den unerträglichen Gestank des Orks zu ignorieren, ihm die Hand geben und sich entschuldigen. Krotos würde ihn hämisch und triumphierend angrinsen und gönnerhaft die Entschuldigung annehmen. Doch dieses Mal war etwas anders. Jonas sagte: »Nein!«

»Was?«, Vater Johannes schaute ihn perplex an.

»Nein«, antwortete Jonas ruhig.

Die Blicke von Jonas und Vater Johannes kreuzten sich. Der Priester schaute tief in die Augen des Elben und wusste, dass er verloren hatte. Das Denken dieses Elben würde er nicht mehr beherrschen können. Dieser Elb hatte sein Rückgrat wiedergefunden. Was nun folgte, war ein anderes Ritual. Es war unausweichlich, aber nötig. Dieser Elb musste isoliert werden. Er war eine Gefahr. Nichts war für die Kirche gefährlicher, als ein freier, selbstständig denkender Geist. Wozu Freiheit führte, konnte man an Daelbar sehen. Daelbar, diesem unerträglichen Staat, der sich die Frechheit erlaubte sich unabhängig von der

Kurie und auch noch demokratisch zu entwickeln. Natürlich... Jonas war ein Elb, also teilweise magisch. Wie diese Viecher – Drachen. Magisches Dreckspack!

»Erklären Sie Ihr Verhalten, Jonas! Sie wissen doch, dass wir keine Aggressivität zwischen den Schülern dulden!«, fauchte Vater Johannes Jonas an. Das Ritual begann. Jeder wusste, was folgen würde. Und jeder wusste, welches Ende die Sache nehmen würde.

»Aggressivität? Ich? Krotos ist aggressiv. Habe ich Krotos geschlagen oder er mich? Habe ich ihn getreten oder er mich?«, fragte Jonas, obwohl er wusste, wie sinnlos seine Argumentation war.

»Genug! Ihre Impertinenz ist unerträglich. Ich kann nicht dulden, dass Sie das Elbentum und seine mehrtausendjährige Kultur derart besudeln. Ich schäme mich für Sie. Wie können Sie es nur wagen, Krotos seine genetische Disposition vorzuwerfen. Jonas, Sie sind ein Rassist.«

»Ich bin ein Rassist? Das ist absurd! Dieser Ork versucht mich zu provozieren, wo und wann er nur kann, und ich soll das geduldig akzeptieren und mich dafür entschuldigen, dass er mich angreift?«

»Jonas, Sie geben es also zu, dass...«

»Ich gebe gar nichts zu. Es gibt nichts zuzugeben! Dieser Ork greift mich an, und ich will mich verteidigen dürfen! Muss ich mir das gefallen lassen?«

»Jonas, Jonas, Jonas«, seufzte Vater Johannes falsch. Jeder im Raum wusste, dass Jonas recht hat, selbst Krotos wusste, dass Jonas recht hatte, aber genau das war der Punkt. Er durfte nicht Recht haben. Das Ergebnis war so absehbar wie der morgendliche Sonnenaufgang. Vater Johannes griff zum elektronischen Klassenbuch, setzte eine amtliche Miene auf und verkündete: »Jonas, Sie lassen mir keine Wahl. Hiermit schließe ich Sie vom Unterricht wegen des Verdachts einer hassbedingten oder rassistisch motivierten Persönlichkeitsverletzung vom Unterricht bis zur Klärung der Vorwürfe durch ein Schultribunal aus. Sie haben 15 Minuten, um das Schuldgelände zu verlassen. Nach dieser Zeit erfolgt eine sofortige Strafanzeige wegen Hausfriedensbruchs. Das Gleiche gilt, sollten Sie das Schul-

gelände betreten. Jonas, Sie haben mich maßlos enttäuscht.«
Das war's! Man hatte ihn suspendiert.
Jonas packte seine Sachen, schaufelte sie in seinen Rucksack und verließ schweigend das Klassenzimmer. Seine Mitschüler? Sie wagten nicht, ihm in die Augen zu sehen. Sie mieden jeglichen Blickkontakt. Er konnte es fühlen, sie schämten sich. Sie wussten, dass es ein schreiendes Unrecht war, Jonas rauszuschmeißen. Auch wenn viele Mitschüler Elben nicht mochten, so mochten sie Jonas. Mit einem Seufzer zog er die Klassentür hinter sich zu.

Mondlicht

Es liegt in der Natur des Elben, sich überwiegend vegetarisch zu ernähren. Sein partiell geisthaftes Wesen, d.h. seine gleichzeitige Existenz in der realen und der spirituellen Welt, wird durch rituell ungereinigte fleischliche Kost drastisch gestört. Während meiner Forschungen zu diesem Thema bin ich auf Hinweise gestoßen, dass das Urzuchtmuster der Orks durch Zwangsernährung von gefangenen Elben mit rohem Fleisch erfolgt sein könnte.

Meine Empfehlung als Graumeister besteht darin, diesen Forschungsbereich auszubauen. Ein wesentlicher Teil der Macht der Kurie basiert auf der Züchtung von Orks. Möglicherweise stehen wir vor dem Weg zu einem Kontrollschlüssel, mit dem die zerstörerische Aggressivität der Orks kontrolliert, wenn nicht sogar beseitigt werden kann.

ARESTID GO'SAN Forschungsdirektor der Abteilung IX der Gilde

Jonas schlenderte ziellos umher. Man hatte ihn aus der Schule geschmissen. Damit war sein Zugangspass ebenfalls Makulatur. Die Berechtigung zum Verlassen des Elbenreservates dürfte vermutlich in den nächsten zwei Tagen widerrufen werden. Dies war ebenfalls eine dieser netten Ideen der Kurie. Formal war es das Reichsgesetz zum Schutz der elbischen Kultur und Tradition. In Wirklichkeit war es ein Gesetz, mit dem die Elben ausgesondert und gettoisiert wurden. Zugegeben, das Reservat war ein riesiges, sogar schönes, grünes Land. Man konnte sich als Elb durchaus wohlfühlen, nur musste man dann auch akzeptieren, ein Gefangener zu sein. Immerhin war man im Reservat vor dem Übergriff der Orks geschützt. Den genetoelektronischen Sperrzaun konnte kein Ork lebend überwinden.
Jonas setzte sich in einen Park. Er liebte das Grün der Pflanzen. »Ja«, dachte er, »ich bin ein Elb, aber ich lebe nicht wie einer. Wir sollten frei sein. Jeder Mensch, jeder Elb, wir alle sollten frei sein.« Jonas ließ seine Gedanken wandern, er träumte, was für einen jungen Elben, er war gerade einmal 19 Jahre alt, ungewöhnlich war. Heutzutage gab es wenige junge Elben. Die

meisten in seiner Sippe waren weit über 300 Jahre alt. In seinem Alter gab es vielleicht zwei Handvoll im ganzen Reservat, weswegen auch niemand seine Ausbildung übernehmen konnte und wollte. Der Ältestenrat seines Stamms war deswegen der Meinung, er sollte in einer Schule des Königreichs unterrichtet werden. Dies würde ihn auch die Dinge »dort draußen in der Welt« lehren. Als Jonas hörte, dass er eine Schule außerhalb des Reservats besuchen musste, war er völlig aus dem Häuschen. Seine Begeisterung war kaum zu stoppen, denn Jonas war von den Menschen fasziniert. Er wählte sogar einen nichtelbischen Namen, Gildofal war sein elbischer Name, weil er den Menschen ähnlicher sein wollte. Die Grundschule war dann auch nicht so schlecht, eigentlich sogar sehr gut. Der Priester, der sie leitete, schien die Lehren der Kurie eher kritisch zu sehen. Der Bruch und der lange frustrierende Weg, der nach Jahren im Rausschmiss endete, begann in der Sekundärschule A für begabte Schüler.

Es wurde Abend. Jonas, tief in Gedanken versunken, war planlos umhergewandert und wusste plötzlich nicht mehr, wo er war. Es war ein Park, soviel war in der anbrechenden Dämmerung erkennbar. Elben konnten auch bei Nacht noch sehr gut sehen, vorausgesetzt es gab genug Sternenlicht. Aber der Himmel war bedeckt. Dunkle Gewitterwolken hingen am Himmel. Eins war sicher: Dies war nicht der Park, den Jonas nach der Schule aufgesucht hatte. Dieser Park war größer, mehr eine ausgedehnte Parklandschaft mit Wäldern und Seen.

»Wo bin ich?«, fragte sich Jonas und schaute sich um. Die nächsten Häuser waren weit, mehrere Hundert Meter entfernt. Jonas versuchte, sich die Karte der Region ins Gedächtnis zu rufen. Wenn er sich nicht irrte, befand er sich im Sandgrundener Volkspark, was gar nicht so schlecht wäre. Jonas suchte sich zwei, drei Landmarken und brachte diese in seinem Kopf mit der Karte in Deckung. Ja, es stimmte, er war im Volkspark. Die Reservation lag dann genau auf der anderen Seite des Parks. Er musste ihn einfach nur durchqueren. Eine Wanderung von 27 km, nichts, was ihn als Waldelb schreckte. Ein Marsch mit leichtem Schritt von etwas mehr als einer Stunde. Wenn Elben etwas waren, dann schnelle Läufer.

Jonas hatte etwas mehr als die Hälfte des Weges zurückgelegt, als er plötzlich das unangenehme Gefühl hatte, beobachtet zu werden. Er stoppte seinen Lauf und schaute sich um. Nichts! Der Himmel war mit schwarzen Wolken bedeckt, und es war sehr dunkel, selbst für einen Elben. Jonas konzentrierte sich auf seine Umgebung, versuchte dabei auch, seinen noch nicht vollständig ausgebildeten Sinn für die alternative Geisterwelt zu öffnen, in der die Elben parallel existierten. Jedes Lebewesen, so hatte er gelernt, hinterließ einen Abdruck in der Geisterwelt. Je nach Art des Wesens erschien dieser Abdruck anders. Drachen, als ultimativ magische Lebensformen, waren wie hell strahlende Sonnen. Elben erschienen genauso wie in der realen Welt, nur waren sie von einer schimmernden Aura umgeben. Orks waren schwarze, kalte Flecken. Es gelang ihm, sich an die Worte seines elbischen Lehrers für die Kultur seiner Sippe zu erinnern. Um sich der Geisterwelt öffnen zu können, musste man ein bestimmtes Alter erreicht haben. Vor diesem Alter konnte man durch Anwendung spezieller Konzentrationsübungen zumindest einen kurzen Blick in die andere Welt erhaschen. Er konzentrierte sich. Glücklicherweise war er nur noch wenig von jener Altersgrenze entfernt, ab der er sich nicht mehr konzentrieren musste.

Jonas schloss seine Augen und öffnete seinen inneren Blick. Er war geblendet. Die Lebenskraft der Blumen, Sträucher, Bäume und Gräser flammte in kräftigen Grüntönen um ihn herum auf. Es war gleichzeitig verwirrend und beeindruckend, wie viel Energie in der Flora steckte.

Da war etwas. Ein rötliches Flackern am Rande seines Blickfeldes, im gleichen Moment von einem Rascheln in der realen Welt begleitet. Jonas riss seine Augen auf und wirbelte herum. Das Einzige, was er sah, waren zwei rote Augen, dann fühlte er einen Schlag und einen stechenden Schmerz. Eine Sekunde später war Jonas bewusstlos.

Als er wieder erwachte, fühlte er sich benommen und verwirrt. Er schaute zum Himmel. Die dichten Wolken des Tages waren verschwunden. Über ihm schimmerte ein klarer Himmel. Dem Stand der Sterne nach zu urteilen, konnten nur ein paar Stunden vergangen sein. Es war zwei Tage nach Neumond. Die dünne Sichel spendete nur wenig Licht, aber genug für die Augen eines Elben. Jonas tastete sich nach Verletzungen ab. Seine rechte Schulter tat ihm weh. Als er vorsichtig zu ihr hingriff, durchzuckte ihn ein stechender Schmerz.
»Ah, verdammt!«, stöhnte der junge Elb auf und fühlte etwas Feuchtes an seinen Fingern kleben. Es war Blut. Jonas versuchte seinen Kopf und Hals so zu drehen, dass er seine Schulter sehen konnte. Auch diese Untersuchung entpuppte sich als schmerzhaft, was aber nicht verwunderlich war, denn das Blut stammte von einer Bisswunde. Mehr konnte selbst ein Elb bei den spärlichen Sichtverhältnissen nicht erkennen.
»Da scheint wohl einer von Krotos' Freunden Hunger gehabt zu haben«, analysierte Jonas seinen Zustand. »Auf der anderen Seite«, überlegte er, »warum hätte ein Ork nur zubeißen sollen? Ein Ork hätte nichts von mir übrig gelassen.«
Jonas schaute auf seine Uhr. Es war kurz nach drei Uhr morgens. Danach musste er, wenn man davon ausging, dass der Vorfall etwa gegen acht Uhr abends stattgefunden hatte, gut acht Stunden bewusstlos gewesen sein. Was war geschehen? Er verfluchte seine Benommenheit, die ihn darin hinderte, einen klaren Gedanken zu fassen.
»Das muss alles warten...«, entschloss er schließlich, rappelte sich mühsam auf und rannte benommen los.
Wäre Jonas' Geist klar gewesen, hätte er den Körper eines sehr alten Mannes bemerkt. Dieser Körper war leblos, denn der Mann war tot. Wenige Meter von dem Ort, an dem Jonas überfallen worden war, lag er zusammengesunken in einem Gebüsch. Dieser Mann besaß keine offenen Wunden, keine Verletzungen, sein Gesicht zierte sogar ein glücklicher und zufriedener Ausdruck. Er schien einfach sehr alt gewesen zu

sein, und sein Leben hatte schließlich geendet. Das einzig Ungewöhnliche, was Jonas möglicherweise zu denken gegeben hätte, war ein Blutrinnsal, das aus seinem Mundwinkel lief.

Es war später Vormittag, als Jonas erneut erwachte. Noch etwas müde, aber bei Weitem nicht mehr so verkatert, öffnete er seine Augen und war überrascht, dass er sich im Heim seiner Eltern befand. Genau genommen lag er sogar in seinem Bett. So sehr er auch versuchte, sich an die Nacht zu erinnern, es gelang ihm nicht. Er musste irgendwie den Weg nach Hause und in sein Bett gefunden haben, aber wie, verbarg sich in einem undurchdringlichen Nebel.
»Na super«, knurrte der Elb, quälte sich aus dem Bett und schlenderte Richtung Wasserquelle, um sich zu erfrischen. Etwas verwundert musste er feststellen, dass von seiner Verwundung – bis auf einen blauen Fleck – nichts mehr zu sehen war. Die Stelle tat auch kaum noch weh. Selbst als Jonas auf den Fleck drückte, war, außer einem schwachen Ziehen, nichts zu spüren. Mit einem Kopfschütteln beendete Jonas seine Selbstuntersuchung und begann sich zu waschen. Eine viertel Stunde später betrat er die Küche und fand genau das vor, was er befürchtet hatte. Seine Eltern.
»Willst du uns erzählen, was passiert ist?«, fragte seine Mutter, während sie ihrem Sohn ein verspätetes Frühstück bereitet.
»Ihr wisst es schon?«, fragte Jonas traurig.
»Die offizielle Benachrichtigung kam vor einer Stunde. Du bist bis zum Schultribunal suspendiert. Sie haben sogar deinen Passierschein widerrufen. Du darfst das Reservat nicht mehr verlassen«, meinte sein Vater betrübt.
»Es tut mir leid. Ich habe euch enttäuscht«, Jonas ließ seinen Kopf hängen, »Ich ... ich ... ich konnte einfach nicht mehr schweigen. Es ging nicht. Es kann nicht sein, dass Wesen wie Krotos mich beschimpfen, bespucken oder sogar misshandeln dürfen und ich nichts dagegen sagen darf! Ich würde ihn nie schlagen. Ich weiß, dass Orks gezüchtet wurden, uns zu hassen. Aber das kann keine Entschuldigung sein. Verdammt, sie sind

vernunftbegabte Wesen. Schließlich gehen sie zur Schule. Krotos ist sogar ein exzellenter Schüler. Bitte sagt mir, was ich falsch gemacht habe ...«

Resignierter konnte eine Geste nicht sein, als die Hand von Jonas' Vater auf dessen Rücken.

»Gildofal«, begann Jonas' Vater und verwendete den elbischen Namen seines Sohns, »Es tut mir leid. Dich täglich in dieser Schule zu wissen, quälte mein Gewissen, zu wissen, wie man dich dort behandelt, war unerträglich.«

»Was wirst du jetzt machen?«, fragte Jonas' Mutter.

»Ich weiß es nicht«, gestand Jonas, »Ich kann hier nicht leben. Bitte glaubt mir, ich will nicht respektlos sein. Aber dieses Reservat ist kein Schutz für uns, es ist ein Gefängnis, ein Zoo. Ja, es ist ein Zoo, und wir sind die Attraktion. Wir verkaufen unser *echt authentisches elbisches Lembas-Brot*, verhökern *super magische Elbenmäntel* und verramschen *echten Elbenschmuck in Mithrilqualität* aus Blech mit einer nanometerdicken Kunstmithrilschicht aus dem Plasmaofen, auf die ein Elb einen Spruch geworfen hat, dessen Inhalt er nicht mehr versteht. Ich bin kein Traditionalist, trotzdem tut es mir in meiner elbischen Seele weh, zu erleben, wie wir unsere Geschichte verkaufen. Ich kann so nicht leben. Ich liebe euch, aber ich muss hier weg ...«

Jonas' Eltern hatten sich zu ihm gesetzt und sahen ihn traurig, aber mitfühlend an. Seine Mutter war die Erste, die etwas sagte: »Ich verstehe dich. Du hast recht. Alles, was du sagst, ist richtig. Wir sind zu einer Touristenattraktion verkommen. Einem Elben-Adventure-Park. Ich spüre es in jeder Faser meines Körpers. Wir leben eine Lüge. Aber, Gildofal, wo willst du hin?«

»Daelbar!«, meinte Jonas sofort. Dieses Ziel war ihm erst in jenem Moment klar geworden. Es war einfach konsequent. Daelbar, der leuchtende Stern der Freiheit.

»Ja, vielleicht. Nur, wie willst du dahin kommen? Du weißt, dass Daelbar einem Embargo unterliegt?! Gildofal oder Jonas, wie du dich gerne nennen lässt, du bist mein Sohn und ich könnte es niemals ertragen, dich unglücklich zu sehen, aber Daelbar? Sie werden dich jagen! Sobald du das Reservat verlässt, werden sie dich verfolgen, um dich in *Schutzhaft* zu nehmen. Das wäre nicht schlimm, denn früher oder später würdest du wieder hier landen.

Aber wenn sie merken, wohin du willst, wird man dich als Verräter anklagen. Du weißt, dass das Wasser auf den Mühlen dieser Hexe, der Päpstin, wäre? Ein Elb als Verräter! Sie würde glatt ein heiliges Jahr zur Feier ausrufen.«
Jonas seufzte. »Ich weiß... Ich verspreche euch nichts zu tun, was uns Elben schadet. Wer weiß, vielleicht ergibt sich eine andere Möglichkeit. Daelbar war nur eine Idee.« Jonas grinste. »Immerhin, sollte mir eine Flucht gelingen, würden sie mich nicht als Verräter brandmarken. Denn dann müssten sie zugeben, dass man sich ihrer Überwachung entziehen kann.«
»Wieso bist du eigentlich erst heute früh nach Hause gekommen?«, wechselte seine Mutter das Thema.
»Nach dem Vorfall in der Schule bin ich herumgelaufen und habe mich verlaufen. Ich war wohl sehr in Gedanken. Ich musste durch den Sandgrundener Volkspark. Da ist mir dann etwas Merkwürdiges passiert: Irgendetwas hat mich angefallen, und ich verlor die Besinnung. Ich glaubte sogar, gebissen worden zu sein. Nur gibt es keine Wunde. Komisch, aber ich kann mich kaum noch an die Sache erinnern. Jedenfalls geht es mir gut. Sehr gut sogar.«
Und es wurde sogar noch besser. In den nächsten Tagen entwickelte Jonas eine Lebensfreude und Lebendigkeit, die ihn selbst überraschte. Elben als Naturwesen waren an sich schon sehr lebensbejahend, aber Jonas wurde richtig quirlig. Er begann, lange Wanderungen durch das Reservat zu unternehmen, unterhielt sich mit den Mitgliedern seiner Sippe, führte sehr lange Gespräche mit den Ältesten und lauschte insbesondere ihren Geschichten. Der Angriff im Park war bald vergessen.

Seit der Geschichte in der Schule waren elf Tage vergangen. Jonas war von einer langen Wanderung ins Haus seiner Eltern zurückgekehrt und lag müde auf seinem Bett. Doch etwas war merkwürdig. Er verspürte plötzlich eine innere Unruhe und Rastlosigkeit in seinem Körper, die ihm bisher fremd war, und fragte sich, ob er es mit seinen Ausflügen nicht etwas übertrieb. Seine Gelenke und Knochen schmerzten. Er hatte zwar noch nie

gehört, dass ein Elb von Rheuma geplagt wurde, aber wer wusste schon, was in diesen Zeiten alles möglich war.
Die Schmerzen nahmen zu. Jonas massierte sich seine Handgelenke und schaute aus dem Fenster. Es war Vollmond. Das helle Licht fiel direkt auf sein Bett. Er sah den Mond an, als ihm ein stechender Schmerz durch die Schulter fuhr, der ihn sich vor Qual krümmen und winden ließ. Er wollte nach Hilfe rufen, aber seine Stimmbänder versagten ihm ihren Dienst. Der Schmerz begann sich von der Schulter über seinen ganzen Körper auszubreiten. Panik erfasste Jonas. Er sah auf seine Hände, die sich anfühlten, als stünden sie in Flammen. Sie veränderten sich. Jonas wollte es kaum glauben und hielt es für eine Schmerzhalluzination. Doch es passierte wirklich. Seine Finger wurden kürzer, knochiger, tatzenartig. Außer den Kopfhaaren verfügten Elben normalerweise über keinerlei Körperbehaarung. Er jetzt schon. Noch während sich seine Hände zu Pfoten verformten, wuchs Jonas ein dichtes, weiches, flauschiges Fell.
›Shit!‹, dachte der junge Elb, als ein fremdes Erinnerungsfragment in seinem Schädel aufblitzte. Das Bild eines Wolfs, eines großen Werwolfs, tauchte in seinem Kopf auf. Er war es, der Jonas angefallen hatte. Er hatte ihn in die Schulter gebissen. Jonas sah es klar vor seinem inneren Auge. Ein alter grauer Werwolf hatte ihn gebissen, eigentlich hatte er nur leicht zugeschnappt und gleich wieder losgelassen.
»Entschuldige, dass ich dir diese Last aufbürde. Aber ich kann meine Aufgabe nicht mehr erfüllen«, hatte der Werwolf geheult. Mit dem Biss waren Erinnerungen auf Jonas übergegangen. Der Werwolf, der eigentlich ein Lycanthrop war, war alt. Seine Zeit war gekommen, die Welt zu verlassen. Doch hatte er eine Aufgabe, und diese Aufgabe war auf Jonas übergegangen.
»Was ist das für eine Aufgabe?«, hatte Jonas gefragt.
»Du wirst es wissen, wenn es soweit ist. Es tut mir leid, dir dies angetan zu haben. Du wirst es verstehen und mir vielleicht auch verzeihen. Wenn die Zeit reif ist, wirst du alles verstehen. Ich kann dir nicht mehr sagen, außer, dass du nicht alleine bist. Wer weiß, was kommen wird? Manchmal taucht Hilfe an Orten und von Wesen auf, von denen du es am wenigsten erwarten

würdest«, meinte der Werwolf, bevor Jonas seine Besinnung verlor.
Der Erinnerungsblitz war vorbei und die Schmerzen verschwunden. Jonas musste niesen. Dabei stellte er fest, dass er, statt einer Nase und eines Mundes, eine Wolfsschnauze besaß. Etwas unsicher sprang er von seinem Bett und lief auf allen vieren zu seinem Kleiderspiegel.
»Hm, wie erkläre ich das jetzt meinen Eltern?«, fragte sich der Elb, als er sein Spiegelbild sah.
Statt eines Elben blickte ihn ein sichtlich verstörter Wolf an. Er war sogar ein sehr großer Wolf, jedenfalls größer als ein Wolf, der kein Werwolf war. Ansonsten sah er wirklich wie canis lupo aus. Schnauze, überall dichtes Fell, vier Pfoten. Seine Kleidung wirkte an diesem anderen Körper etwas deplatziert. Sein Raglan-Shirt wusste nicht, ob es nun spannen sollte oder schlabbern. Es war einfach für eine völlig andere Körperform gefertigt worden. Auch mit Jonas' Shorts stimmte etwas nicht. Sie schmerzten am Steiß.
›Ich Idiot!‹, dachte Jonas und befreite seine Rute aus seinem Gefängnis.
»Hm! Und nun?« Er musterte sich im Spiegel und stellte dabei fest, dass er alles in Schwarz-weiß sah. Sämtliche Farbe war verschwunden. Dafür meinte er, Konturen besser erkennen zu können, bis ihm auffiel, dass es, bis auf das Mondlicht, keine Beleuchtung im Zimmer gab. Für diese Lichtverhältnisse konnte er vorzüglich sehen. Oder anders, denn Elben besaßen ebenfalls eine besondere Sehkraft, auch wenn sie nicht mehr so gut war wie noch vor ein paar Jahrhunderten. Seine Sehfähigkeit als Wolf war anders. Während Jonas als Elb mehr eine allumfassende Perspektive wahrnahm, also eher einen Panoramablick besaß, war sein Wolfsblick gezielter, gerichteter und präsenter, sehr auf einzelne Objekte bezogen.
Und dann war da noch der Geruchssinn. Jonas musste erneut niesen, weil eine Flut von Gerüchen auf ihn einströmte. Er konnte richtige Spuren von Gerüchen lesen. Eine Spur führte von seiner Zimmertür zu seinem Schrank und wieder zurück. Er erkannte die Spur als den Geruch seiner Mutter, die während des

Tages frisch gewaschene Wäsche in seinen Schrank gelegt haben musste.
Völlig in Gedanken versunken, kratzte Jonas sich mit seiner Hinterpfote am Ohr.
»Ich glaube, ich muss auf mein Verhalten achten«, stellte er fest und sprang auf seine vier Pfoten. Ihm war eine Idee, eine Frage in den Kopf gekommen. Die fremden Gedankenfetzen erzählten ihm, dass er von nun an ein Lycanthrop war. Er war kein Werwolf, der bei Mondlicht zur Bestie wurde. Ein Blick in den Spiegel zeigte einen stattlichen aber friedlichen Wolf. Wenn er aber ein Lycanthrop war, dann müsste er seine Form frei wählen können.
Jonas schaute in den Spiegel und konzentrierte sich. Im ersten Moment war das Ergebnis beängstigend, seine Schnauze formte sich um, veränderte sein Gesicht. Von seinen Ohren verschwanden die Haare. Sie wurden kleiner und spitzer, elbenmäßiger und passten sich dem Gesicht an, das sich aus der Hundeschnauze formte. Als selbst die Farbe in Jonas' Welt zurückkehrte, sah er einen Elbenkopf, seinen, auf einem Wolfskörper sitzen.
»Gewöhnungsbedürftig«, kommentierte er das Ergebnis.
Trotzdem hatte ihn die Neugier gepackt. Jonas verwandelte sich komplett zurück in einen Elben, zog sich nackt aus, öffnete sein Zimmerfenster, verwandelte sich zurück in einen Wolf und sprang aus dem Zimmer.
»Verdammt!«, fluchte er, als er in der Hecke vor seinem Fenster landete. Schnell verkroch er sich hinter einem Busch. Wer wusste schon, wie die elbische Nachbarschaft auf einen Wolf im Dorf reagierte. Instinktiv wählte Jonas einen Weg, der ihn sicher und unentdeckt bis an den Dorfrand führte. Dort angekommen begann er seinen neuen, alternativen Körper auszuprobieren. Er rannte, jagte, sprang und kletterte. Es war fantastisch, wie viel Spaß es machte, über die Wiesen zu tollen. Einmal heulte er sogar aus Jux den Mond an. Und während er noch lief und rannte, kam ihm ein Gedanke. Seine neue Fähigkeit war ein Geschenk. Mochte sein neues Alter Ego ihn noch zu einer Aufgabe verpflichten, auf jeden Fall war es der Schlüssel zu seiner Freiheit.

Mit diesem sehr befriedigenden Gedanken kehrte Jonas ins Dorf zurück. Vorsichtig schlich er von Haus zu Haus und wäre fast entdeckt worden, als ein Nachbar ein Fenster schloss, unter dessen Fensterbank Jonas gerade lag. Zu Hause angekommen, sprang er schnell in sein Zimmer, verwandelte sich zurück in einen Elben, zog sich an und verriegelte sein Fenster. Müde, aber mit aufgewühltem Geist, legte er sich ins Bett und schlief grübelnd ein.

Hassverbrechen

Manche Bürger sind der Meinung, die Kurie würde einen zu großen Einfluss auf unsere Normen und Werte ausüben.

Da drängt sich Uns die Frage auf, ob jenen Bürgern eine Welt ohne Werte lieber wäre? Werte und Normen sind die Basis unserer Zivilisation. Ohne sie kann es keinen Staat geben. Ohne sie herrschte Anarchie.

König ANTHARON von Goldor II

»Guten Morgen!«, begrüßte Jonas' Mutter ihren Sohn.
Es war gegen acht Uhr morgens, als Jonas zum Frühstückstisch kam. Es gab die übliche Elbenfrühstückskombination: Lembas (selbst gemacht), Kräuterquark, Käse, Milch, Eier und Nuss-Nugatcreme.
»Morgen!«, antwortete Jonas fröhlich und begann zu essen.
»Hast du heute Nacht auch den Wolf gehört?«, begann seine Mutter ein morgendliches Frühstücksgespräch.
Jonas verschluckte sich vor Schreck, als sie so zielstrebig zum Thema kam.
»Ich habe noch nie gehört, dass Wölfe in dieser Gegend leben. Ob die über den nordöstlichen Gebirgspass zu uns gekommen sind? Ich habe mit unseren Nachbarn gesprochen. Sie haben ihn alle gehört, manche meinten, sie hätten ihn sogar hier im Dorf gesehen.«
»Ähm...«, wollte Jonas in das Gespräch einhaken. Aber wenn seine Mutter einmal in Fahrt war, bremste sie so schnell nichts.
»Weißt du, was an dem Geheul merkwürdig war?«, stellte seine Mutter eine Frage, die sie natürlich sofort selbst beantwortete, »Mir kam das Geheul bekannt vor, richtig vertraut. Es war fast so, als wenn dein Vater oder du mit mir reden würdest.«
›Klar, ich war's ja auch!‹, dachte Jonas, behielt seinen Gedanken aber für sich.
»Mama?«, fragte er vorsichtig, »Ich glaube, ich kann dir etwas zu diesem Wolf erzählen.«
»Ach, was denn? Habt ihr über Wölfe in der Schule gesprochen?«

»Bitte, ich bin ... ich war in der Abschlussklasse. Hunde und Wölfe haben wir in der 6. Klasse gehabt. Es ist etwas anderes. Erinnerst du dich an den Tag, als ich von der Schule geflogen bin?«
»Bitte! Ich bin zwar 473 Jahr alt, aber noch nicht senil. Das war vor gerade mal zwei Wochen. Natürlich erinnere ich mich.«
»Ich hatte euch doch erzählt, dass mich etwas angefallen hat. Ich dachte sogar, gebissen worden zu sein. Als ich aber am Morgen keine Wunde fand, hab ich die Sache als Einbildung abgetan.«
Auf der Stirn von Jonas' Mutter bildeten sich Denkfalten. In ihrem Schädel arbeitete es.
»Ja... «, forderte sie Jonas zögerlich auf, mit seinen Ausführungen fortzufahren.
»Mich hat tatsächlich etwas gebissen. Es war ein Lycanthrop.«
»Natürlich!«, meinte Jonas' Mutter mit einer Stimmung, die sich nicht recht deuten ließ: »Du warst der Wolf, oder?«
»Ich befürchte, ja«, gestand Jonas, »Ich habe aus Spaß einfach einmal den Mond angeheult. Das macht man als Wolf doch so, oder?«
»Wie lange weißt du schon davon? Ich meine, dass du ein Lycanthrop bist?«
Wer von einer elbischen Mutter etwas anderes erwartet hätte, als an Abgeklärtheit grenzende Gelassenheit, wurde enttäuscht. Als Elbin mit einigen Jahrzehnten Lebenserfahrung und der gesamten Kultur ihrer Art als Hintergrund brachte sie wenig aus der Ruhe. Ein lycanthropischer Sohn gehörte nicht dazu.
»Seit gestern Nacht. Es war ...«
»Vollmond! Natürlich!«, beendete Jonas' Mutter den Satz, »Schatz, du solltest sehr, sehr vorsichtig sein. Wölfe sind für viele Menschen, selbst für viele Elben, heutzutage ungewohnt. Wenn du nicht willst, dass du eines Tages als Bettvorleger endest, solltest du wirklich extrem vorsichtig sein. Ich hab schon erzählt, dass du im ganzen Dorf gehört wurdest. Du hast eine sehr weit tragende Stimme. Die Leute sind besorgt. Viele haben Angst vor Wölfen. Jemand meinte bereits, man sollte den Reservatsjäger informieren.«
»Elben fordern einen Jäger an?« Jonas war schockiert.
Seine Mutter nickte. »Ja, und ich schäme mich dafür. Wir sind

Elben. Für uns ist Leben, jedes Leben, heilig. Außer in absoluter Notwehr würden wir niemals ein anderes Wesen töten. So dachte ich, wäre es. Aber ich scheine mich geirrt zu haben.«

»Hast du nicht«, korrigierte Jonas' Vater, der kurz vorher zur Tür hereingekommen war, »Sie machen es sich einfach. Sie töten nicht. Sie lassen töten. Dieser Wolf... «

»... ist dein Sohn«, vervollständigte Jonas' Mutter den Satz ihres Mannes, »Wie es aussieht, wurde er vor zwei Wochen von einem Lycanthropen gebissen.«

»Ich wusste doch, dass mir die Stimme bekannt vorkam!«, erklärte Jonas' Vater zufrieden und mit einem Augenzwinkern, »Und, wie lebt es sich mit einem Fell?«

Was für eine elbische Mutter galt, galt mindestens im gleichen Maß auch für einen elbischen Vater. Was allerdings wie eine flapsige Bemerkung klang, war weit mehr. Jonas kannte seinen Vater und wusste, was dieser auch ohne Worte sagte. Die lockere, unaufgeregte Art, wie seine Eltern damit umgingen, dass Jonas von nun an auch ein Lycanthrop war, sagte ihm, dass sie hundertprozentig hinter ihm standen und ihn unterstützten. Die wirklich wichtigen Dinge bedurften keiner Worte.

»Warm! Gestern Nacht war es schon empfindlich kalt. Man merkt, dass der Winter vor der Tür steht. Aber als Wolf habe ich von der Kälte nichts gespürt. – Darf ich euch eine Frage stellen?«

»Sicher.«

»Wieso nehmt ihr die Sache so locker? Ihr habt eben erfahren, dass ich ein Werwolf, eigentlich ein Lycanthrop, geworden bin und ihr macht euch Sorgen, ob ich als Bettvorleger ende oder wie sich mein Fell anfühlt. Ich hätte eigentlich mit einer etwas anderen Reaktion gerechnet.«

»Womit denn?«, Jonas' Vater setzte sich neben seinen Sohn, »Womit hast du gerechnet? Dass deine Mutter in Tränen ausbricht? *Bei Elbereth, mein Sohn ist ein Werwolf geworden! Wehe, wehe, welch Schande! Was haben wir nur falsch gemacht?! Warum strafen uns die Götter?* So etwa?«

Jonas musste losprusten: »Nee... So natürlich nicht. Ich weiß auch nicht...«

»Ach Schatz«, begann seine Mutter, »Lycanthropen gelten in unserer Mythologie als besondere Wesen. Es ist ungewöhnlich, dass ein Elb die Bürde trägt, denn eine Bürde soll es sein. Soweit ich mich an die alten Erzählungen und Lieder erinnern kann, ist mit deiner Gabe meistens auch eine Aufgabe verbunden. Es war ein Lycanthrop, der den Calaelen, den Lichtstern, aus dem Verlies der Firhen holte und wieder auf die Spitze des Himmelsbergs, des Menelorons, brachte. Ich sage nicht, dass ich darüber glücklich bin, was dir widerfahren ist. Schließlich mache ich mir Sorgen um dich, wie jede Mutter es tut. Aber es ist auch kein Beinbruch. Ich vermute, dass das Schicksal noch etwas mit dir vorhat.«

»Wie immer könnte ich es nicht besser ausdrücken, als es deine Mutter gerade getan tat. Sie hat recht«, Jonas' Vater nahm seinen Sohn in den Arm, »Bitte, Gildofal, sei sehr vorsichtig... Und vergrabe keine Knochen im Garten.«

Typisch sein Vater, ernste Situationen musste er immer mit einem flapsigen Spruch aufbrechen.

»Du wärst nicht zufällig bereit, uns mal deine neue Form ...«

»Paps!«

»Hey, ich bin neugierig. Du bist der erste Lycanthrop in unserer Sippe.«

Jonas zuckte mit den Schultern. Irgendwie genierte er sich ein wenig. Er war doch schließlich kein Zirkuspferd. Auf der anderen Seite waren es seine Eltern. Sie sollten schon ihren ganzen Sohn kennen.

»Wartet! Ich will mich nur, ähm, vorher ausziehen... In meinem Zimmer...«

Jonas lief in sein Zimmer, schloss Tür und Fensterläden und zog sich aus. Noch während er sich entkleidete, begann er sich bereits in einen Wolf zu verwandeln. Als Jonas schließlich auf allen vieren stand, bemerkte er, dass er seine Zimmertür geschlossen hatte.

»Eindeutig nicht für Vierbeiner gebaut«, überlegte der lycanthropische Elb und sinnierte darüber, wie er am besten die Klinke betätigen sollte. Er war zwar ein Wolf, trotzdem stellten sich alltägliche Handlungen, wie das Öffnen einer Tür, als Herausforderung dar. Der neue Körper war darauf ausgelegt, auf vier Pfoten zu laufen. Der aufrechte Gang war ihm fremd. Jonas blieb nichts anderes übrig, als auf die Klinke zu springen. Die

Tür sprang auf, und Jonas wollte ins Wohnzimmer laufen, als er eine fremde Stimme hörte. Jonas stoppte.
»Ich bin wegen eures Sohnes gekommen. Jonas alias Gildofal. Ist er hier?«
Eine unangenehme Stimme tönte durch den Raum. Sie klang hart und amtlich. Jonas schielte um seine Türkante in Richtung der Stimme. Mitten im Raum stand ein Beamter des Königs und sprach mit seinen Eltern.
Jonas kam eine Idee. Er konzentrierte sich und versuchte, seine Größe zu verändern. Bisher war seine Wolfsform riesig, er war so groß wie ein Mensch oder ein Elb. Mit entsprechender Konzentration gelang es ihm jedoch, sich auf normale Hundegröße zu reduzieren.
»Nein, er ist ausgegangen, um sich eine Arbeit zu suchen. Worum geht es?«, fragte Jonas' Vater und bot dem Besucher an, sich zu setzen. Der Fremde nahm das Angebot an und setzte sich, zusammen mit Jonas' Eltern, an den Esstisch.
Jonas war neugierig. Was wollte dieser Mann? Der Lycanthrop entschloss sich, zu handeln. Er spielte den Familienhund und trottete langsam Richtung Tisch, um sich neben seinem Vater auf dem Boden zusammen zu kringeln.
»Was habt ihr nur für ein prächtiges Tier«, meinte der Beamte und klopfte Jonas auf die Flanke, was Jonas kurzzeitig überlegen ließ, ob er nicht einfach mal zuschnappen sollte.
»Ja, ein wirklich schönes Tier«, meinte sein Vater mit Pokerfacemiene, während er seinem Sohn den Kopf kraulte. Jonas tat so, als wenn er döste.
»Der Anlass meines Besuches ist nicht erfreulich. Wie ihr sicherlich wisst, hat sich euer Sohn ausgesprochen unkorrekt gegenüber einem Mitschüler verhalten. Der Lehrer musste seine Pflicht tun und ihn bis zum Schultribunal verweisen.«
»Das wissen wir. Wobei... Nein, ich will nichts Falsches sagen.«
»Gut! Ich denke, ich weiß, was ihr denkt. Und ihr wisst, dass ich es melden müsste, wenn ihr es aussprecht. So sind die Gesetze. Das Problem ist, dass der Mitschüler euren Sohn vor das königliche Reichsgericht bringen will. Wegen eines Hassverbrechens. Ihr wisst, was das bedeutet? Hier ist die offizielle Order. Bis zum Beginn des Prozesses ist es eurem Sohn

unter schwerer Strafe verboten, das Reservat zu verlassen. Denkt daran, einen Menschen müsste ich jetzt verhaften. Euren Sohn überlasse ich eurer Verantwortung. Ich kann ihm nur raten, die Angelegenheit sehr ernst zu nehmen. Sollte er nicht zum Prozess erscheinen, wird das Urteil in Abwesenheit gefällt.«

»Wir werden es ihm ausrichten, sobald er wieder da ist. Ich glaube nicht, dass ihr euch große Sorgen um ihn machen müsst.«

»Gut. Es tut mir leid, euch keine besseren Nachrichten bringen zu können. Andererseits ist euer Sohn selbst schuld an seiner Lage. Nun, ich muss mich sputen. Auf Wiedersehen.«

Und weg war der Beamte. Im Rausgehen meinte er noch: »Ein wirklich prächtiger Hund.«

Jonas war auf seine vier Beine gesprungen, dem Beamten bis zur Tür gefolgt und hatte sich dort hingesetzt. Nachdenklich schaute er ihm hinterher, stand dann wieder auf und kehrte zu seinen Eltern zurück.

»Gildofal?«, fragte seine Mutter.

Jonas bellte ein »Ja«, wobei ihm die Idee kam, seine Stimmbänder so zu verändern, dass sie wieder elbisch waren.

»Ja, ich bin es.« Es funktionierte.

»Was hältst du davon?«, fragte sein Vater.

»Es bestärkt mich in meiner Absicht, das Königreich zu verlassen. Ihr wisst, was sie mit Hassverbrechern machen?«

»Ja, und es ist eine Schande. Nicht, dass es nicht wirklich genügend Verbrechen aus Hass geben würde. Nur sehen die ganz anders aus. Ich nenn es ein Hassverbrechen, wenn ein Ork einen Elb oder Menschen erschlägt und frisst. Dass ein Elb, der sich mit Worten verteidigt, ein Hassverbrecher sein soll, ist eine Perversion!«

»Wem sagst du das?«, fügte Jonas' Mutter hinzu, »Aber, Gildofal, bist du nicht ein wenig klein für einen Werwolf? Die Nachbarn hatten gesagt, sie hätten ein riesiges Monster gesehen.«

Jonas grinste, was man bei seiner Hundeschnauze nicht richtig sehen konnte, und nahm seine volle Größe an. »Besser?«

»Beeindruckend!«, gestand seine Mutter und fuhr ihrem Sohn mit der Hand durchs Fell, »Und so flauschig!«

»Kraulst du deinem Sohn auch die Haare, wenn er gerade kein Werwolf ist?«, bemerkte Jonas' Vater amüsiert.

»Musst du gerade sagen! Wer hat denn die ganze Zeit seinen Kopf gekrault, als der Beamte da war?«, fragte Jonas' Mutter zurück.

Jonas störte es nicht, dass seine Eltern ihn streichelten. Ganz im Gegenteil war es sehr angenehm, weil dieses Fell doch erstaunlich juckempfindlich war. Noch während seine Eltern sprachen, ertappte sich Jonas dabei, wie er sich mit seiner Hinterpfote kratzte. Beide Elternteile sahen ihn erstaunt an.

»Ähm... Nun ja, es liegt am Fell... es juckt. Manchmal...«

»Wie sollten ihm ein Flohhalsband kaufen«, frotzelte Jonas' Mum.

»Mutter!«, schrie der Sohn entsetzt auf, »Ich bin kein Köter!«

»Nein, wirklich nicht«, meinte sein Vater nachdenklich, »Wir sollten uns, glaube ich, etwas anderes überlegen. Gildofal, deine Idee das Reservat zu verlassen, gefällt mir immer besser. Ich will nicht, dass man dich vor Gericht stellt. Ein Gericht, das sich schon vor Jahrzehnten jeder Legitimation beraubt hat. Dein angebliches Verbrechen ist eine Farce. Ein Elb kann heutzutage schwerlich mit einem gerechten Urteil rechnen. Jedenfalls nicht, solange die Kurie überall ihre Finger drin hat. Mein Sohn, du solltest fliehen, und zwar noch heute!«

Anklage

Schuldig!

Lordrichter Sir SEBASTOPOL WAX

»Flucht also? Interessant, wie schnell sich mein Leben geändert hat«, überlegte Jonas, während er ein paar Sachen zusammenpackte, die er für seine Flucht brauchte, »Eben noch ein mittelprächtiger Schüler und bald ein flüchtiger Verbrecher. Super!«

Fliehen – nur wie? Die Idee war, bis zur nördlichen Reservatsgrenze am Schattengebirge zu laufen. Das Reservat selbst lag am nordöstlichen Rand des Reiches und war an seiner Spitze nur knapp 100 km von der Reichsgrenze entfernt. Da Jonas eine möglichst kurze Strecke durch das Reichsgebiet zurücklegen wollte, war der Weg zur Nordspitze die nächstliegende Wahl. Allerdings hatte die Sache einen Haken, und dieser Haken hieß das Schattengebirge. Es war nicht nur sehr hoch, sondern auf seiner Westseite auch sehr steil. Die Pässe über das Gebirge verdienten es eigentlich nicht, so genannt zu werden. Einen positiven Aspekt gab es immerhin. Die Grenzanlagen des G2 Reiches waren hier am schwächsten. Man verließ sich auf die raue Natur. Wo man es an anderen Stellen mit starken Befestigungsanlagen, wie Energiegittern und Disruptornetzen, zu tun hatte, gab es am Gebirge nur ein Detektornetz und ein Notfallenergiegitter, das aber selten eingeschaltet wurde.

Mit dem wachsenden Einfluss der unifizierten Technokratie auf das Königreich Goldor 2 zerfielen die alten Bündnisse zwischen den Staaten. Manche wurden offen aufgekündigt, wie mit den Neovikingern des Hohen Nordens, andere schliefen einfach langsam ein. Ein schleichender Prozess der Entfremdung setzte ein. Ehemalige Verbündete wurden zu Fremden, denen man erst wenig und später einfach alles zutraute. Die Goldorianer waren zu einem ängstlichen Volk geworden, das sich vor Überfällen und Anschlägen fürchtete.

Angst war noch nie ein guter Ratgeber gewesen, insbesondere, wenn sie gezielt geschürt wurde. Natürlich stand die Kurie hinter alle dem. Ein Großteil ihrer Macht bestand darin, die verschiedenen Reiche sich gegenseitig misstrauen zu lassen. So standen Kardinäle als Berater an der Seite König Anathrons, genauso wie an der Seite Lord Gregors von Mundberg, dem Herrscher von Südland. Die Päpstin wusste, dass, solange sich alle Herrscher untereinander belauerten, niemand ihr auf die Finger schaute. Ganz im Gegenteil, man hielt sie sogar für einen Garant des Friedens.

Was machte man, wenn einen der Nachbar ängstigte? Man mauerte sich ein. Die Grenzen zwischen den Ländern, Reichen und Staaten mutierten zu gigantischen Festungsanlagen – tödlich und unüberwindlich. Der Grund, warum das Gebirge schwächer als die anderen Grenzen gesichert war, lag einerseits in seiner natürlichen Unüberwindlichkeit für Truppen und anderseits in der Tatsache, dass hinter dem Gebirge unbewohntes Ödland lag. Ein Angriff war somit unwahrscheinlich und für eine große Streitmacht auch gänzlich unmöglich.

Jonas' Sorgen gingen auch eher in eine andere Richtung. Seine Flucht aus dem Reservat musste unentdeckt bleiben. Für ihn bestand das Problem nicht darin, nach Goldor II rein- sondern rauszukommen. Er war sich ziemlich sicher, dass, wenn man seine Flucht aus dem Reservat bemerkte, sofort die Grenzen geschlossen und gesichert würden.

Wie sollte er also fliehen? Als Elb war eine Flucht ausgeschlossen. Das Reservat war zwar nicht von einer tödlichen Grenzanlage umgeben, jedenfalls nicht für Elben, dafür aber mit einem Kontrollnetz. Jeder Elb, Mensch oder Ork, der die Grenze des Reservats passierte, wurde registriert. Jonas fragte sich jetzt, ob dies auch für Lycanthropen galt. Seine Idee bestand darin, als Werwolf über die Grenze zu schleichen, in der Hoffnung, dass das Detektornetz nicht auf ihn anschlug. Gleichzeitig bedeutete dies, dass er nicht viel mitnehmen konnte. Ein kleiner Rucksack, den er auch noch als Werwolf tragen konnte, musste reichen.

Die Entscheidung, welche Sachen er mitnahm und welche er besser zurückließ, war ausgesprochen schwierig. Es begann schon beim Rucksack selbst. Jonas hatte eine ganze Reihe elbischer Säcke, die leicht, wasserdicht und widerstandsfähig waren. Seine Wahl fiel auf einen etwas kleineren, dafür farblich besser passenden Sack. Farblich passend war wichtig, denn der Sack musste zu Jonas' Fell passen. Um dies zu testen, wechselte Jonas in seine Wolfsgestalt und hielt einen Rucksack nach dem anderen an sein Fell. Der passende Sack hatte eine fast identische Farbe. Er war sehr alt und stammte noch von seinem Ururgroßvater, war aber in einem perfekten Zustand. Dieser Sack war noch nach alten elbischen Handwerkskünsten gefertigt worden. Sein filzähnlicher Stoff besaß eine unspezifische Farbe, irgendetwas Grau-braunes, das sich der Umgebung anzupassen schien. Wer diesen Sack inmitten einer Geröllhalde verlor, würde ihn nicht wieder finden. Die einzige Verzierung, die der Rucksack trug, waren zwei kunstvoll geschmiedete silberne Schließen der Verschlussbänder.

Diese Eigenschaft war wichtig. Jonas hatte vor, sich kurz vor der Reservatsgrenze in einen Werwolf zu verwandeln. Dazu müsste er seine Kleidung ausziehen, die er aber unmöglich zurücklassen wollte und konnte. Also musste sie transportiert werden, womit der Rucksack ins Spiel kam. Nur hätte ein Rucksack auf dem Rücken eines Wolfes sehr merkwürdig ausgesehen, jedenfalls ein normaler Rucksack. Das alte Elbenteil hingegen sollte unentdeckt bleiben, solange niemand ganz genau hinsah.

Die Entscheidung für das Transportbehältnis war gefallen. Doch was sollte er sonst mitnehmen? Um zwei feste Eckpunkte kam Jonas nicht herum. Der Rucksack war eher klein, und er brauchte haltbare Nahrung. Wenn alles glatt lief und er es wirklich schaffte Goldor zu verlassen, dann stand ihm die größte Herausforderung immer noch bevor: das Ödland von Erudor. Soweit er wusste, handelte es sich um eine Hochebene aus Geröll und Schotter ohne jegliche Vegetation, wenn man von ein paar Flechten oder Moosen absah. Sein Weg nach Daelbar führte ihn quer durch Erudor, was einen Marsch von mindestens drei Tagen bedeutete. Das Nahrungsproblem war noch am einfachsten zu lösen. Jonas packte mehrere Tafeln Lembas-Brot ein. Doch wie sollte er seinen Wasserbedarf decken?

»Mit Schläuchen«, meinte sein Vater und gab ihm drei merkwürdige dünne Dinger. Wie sich zeigte, handelte es sich um

Schläuche, die aus speziellen Pflanzen hergestellt und dann auf elbische Art veredelt worden waren. Wenn man sie in Wasser legte, saugten sie sich selbstständig voll. Dabei filterten sie das Wasser sogar, sodass die Quelle nicht unbedingt sauber sein musste. War sie stark vergiftet, nahmen die Schläuche erst gar nichts auf.

»Du kannst sie dünn zusammenrollen. Solange du sie nicht brauchst, nehmen sie kaum Platz weg. Wenn du über den Gebirgspass bist, wird sich bestimmt eine Möglichkeit finden, die Schläuche zu füllen. Pro Tag rechne mit einem Schlauch. Also nimm gut fünf mit, und du bist auf der sicheren Seite.«

Mit den Schläuchen und den Broten war der Rucksack bereits zu einem Fünftel gefüllt. Viel Platz blieb nicht mehr. Jonas entschied sich für ein paar elbische Kleidungsstücke. Dünn, angenehm zu tragen, wenn nötig warm, sonst angenehm kühl, so war elbische Kleidung. Die Hightech Mikrofasern aus der Welt der Menschentechnik waren nur ein billiger Abklatsch dieser Wunderkleidung. Im Gegensatz zu den Kunstfasern der Menschen bestand die Kleidung der Elben ausschließlich aus Naturprodukten, wenn auch mit etwas Magie veredelt. Wobei nur die Menschen es Magie nannten. Die Elben nannten es schlicht Handwerk.

Der Abschied von seinen Eltern war für alle schwer. Und wenn auch niemand weinte, hatten alle Familienmitglieder einen Kloß im Hals. Niemand wusste, ob man sich jemals wiedersehen würde.

»Wir werden uns wiedersehen! Das ist kein Versprechen, das ist eine Tatsache!«, versicherte Jonas, »Wer weiß, vielleicht könnt ihr sogar nachkommen.«

»Das ist ein schöner Gedanke, aber ich glaube nicht, dass wir hier weggehen werden«, meinte Jonas' Vater, »Dies ist unser Land. Wir sind wie alte Bäume, mit tiefen und breiten Wurzeln. Es würde uns umbringen, verpflanzt zu werden.«

Und dann tat Jonas' Vater etwas, was er sehr, sehr selten tat. Er nahm seinen Sohn in den Arm und drückte ihn. Jonas warf seinen Eltern zwei Blicke zu, nickte und schlich sich aus dem Haus. Keiner sah ihm hinterher oder winkte. Niemand sollte etwas erahnen.

Jonas hatte mit seiner Flucht bis zum Abend gewartet. Der Hinterausgang lag gut beschattet unter Bäumen. Wenn nicht zufällig ein Elb in seine Richtung sähe, würde ihn niemand bemerken. Er hatte einen Elbenmantel umgelegt, der aus dem gleichen Material wie sein Rucksack gefertigt war. Damit war er für viele Blicke faktisch unsichtbar. Nur wer wusste, was er suchen musste und zudem elbische Augen besaß, konnte ihn entdecken.

Den Weg durchs Reservat hatte Jonas auf zwei Nachtmärsche angesetzt. Tagsüber wollte er ruhen und sich vor fremden Blicken verstecken. Da er das Reservat gut kannte, er hatte als Kind viele lange Wanderungen unternommen, war sein Ziel für den ersten Abschnitt ein dichter, dunkler Wald ungefähr in der Mitte des Reservats, das eine eher längliche Form besaß. Es verlief auf östliche Seite entlang des Schattengebirges, wenn auch nicht an der Staatsgrenze. Vom Süd- bis zum Nordende brauchte man drei Tage, wenn man acht Stunden lief. Jonas' altes Zuhause lag im südlichen Drittel an der Westgrenze. Der erste Marsch verlief also primär in Richtung Norden mit einem leichten Drall nach Osten.

Stunden vergingen.

Jonas durchquerte Felder, Wiesen, kleine Wäldchen. Er folgte Bächen und Sandwegen. Doch wo immer er lief, suchte er Schutz vor Entdeckung. Er wählte eine Wiese mit hoch stehendem Gras vor einer mit flachen Sträuchern. Er lief abseits der großen Alleen und eher im Schatten eines Knicks, der ein Feld begrenzte. Einmal, es war gegen zwei Uhr nachts, wäre er fast entdeckt worden, als ihm ein Gravitationsgleiter der Forstaufsicht entgegen kam. Nur ein beherzter Sprung in einen Abzugsgraben, der glücklicherweise trocken war, rette ihn vor Entdeckung.

Kurz vor Tagesanbruch erreichte Jonas sein Ziel. Ein alter Wald, naturbelassen und verwildert, sollte sein Unterschlupf am Tage sein. Kaum hatte er die ersten Bäume hinter sich gelassen, brach die Sonne hell über das Land herein. Jonas drang tiefer in den

Wald vor, suchte sich einen alten, knorrigen Baum und kletterte hinauf. Hoch oben zwischen den moosbehangenen Astgabeln fand er einen Platz zum Ruhen.

So schlief er den halben Tag und erwachte erst, als es bereits Nachmittag war. Nachdem er sich mit Waldbeeren und Wasser aus einer Quelle gestärkt hatte, tastete er sich vorsichtig zum nordöstlichen Waldrand vor und schaute hinaus ins Land. Wenige Hundert Meter von seinem Standort entfernt lag ein Dorf. Es war nicht sehr groß und gehörte auch nicht zu den von Touristen angefahrenen Sehenswürdigkeiten, aber es sah sehr gemütlich aus. Jonas überlegte, ob er es wagen sollte, ins Dorf zu gehen. Schließlich befand er sich immer noch im Reservat und war von Elben umgeben.

Als er noch darüber nachdachte, fiel sein Blick auf eine öffentliche Datenfunkantenne, die sich auf einem der größeren Häuser, vermutlich dem Gemeindehaus, befand. Jonas schätzte, dass er auf diese Entfernung einen guten Empfang haben sollte und schaltete sein PDA ein. Sein kleines Gerät war kein Tribut an die Technik. Es war einfach nützlich, völlig unabhängig davon, was man ideologisch von der Technokratie hielt. Jonas war schon länger zu der Einsicht gelangt, dass nicht die Technik das Problem war, sondern die Technokraten. Paula-Sylvestra II war weder an Technik noch an Magie interessiert. Sie wollte Macht, und der Kreuzzug gegen die Magie lieferte ihr das Werkzeug dafür. Der Kreuzzug war einfach nur Mittel zum Zweck.

Jonas war kein Technologiefeind. Er war in technischen Dingen sogar ausgesprochen begabt, was seine Lehrer nie sehen wollten und ihm durch die Bank schlechte Noten gaben. Seine Mitschüler hingegen schätzten sein Wissen und ließen sich viele Dinge, die sie nicht verstanden, von ihm erklären, während Jonas die Fehler aus ihren Schaltungen entfernte. Schaltungsentwurf war einer der Kurse, den Jonas wirklich geliebt hatte. Obwohl er unbestritten der Beste seiner Klasse war, erhielt er, ideologisch bedingt, nur mittelmäßige Zensuren. Er hatte sich mit dieser ungerechten Behandlung abgefunden. Ihn interessierte der Inhalt des Kurses, und dieses Interesse zahlte sich nun aus.

Es war zwar nicht allgemein bekannt, aber die PDAs sendeten

bei jedem Anschalten eine ID-Kennung ins Datennetz des Königreichs. Dies hatte einerseits den Vorteil, dass man sofort über neue persönliche Nachrichten informiert wurde. Andererseits konnte diese Kennung auch zu Fahndungszwecken verwendet werden, da das ganze Funkdatennetz auch ortsabhängige Dienste anbot. Wenn sich jemand mit seinem PDA im Netz anmeldete, wusste man automatisch, wo er sich befand. Mit seinen Kenntnissen in Schaltungsdesign hatte Jonas seinen PDA allerdings so modifiziert, dass er sich unbemerkt ins Netz einbuchte und eine verfälschte Positionsangabe meldete. Jonas konnte zwar keine Nachrichten versenden, aber alle öffentlich zugänglichen Informationen empfangen.
Er aktivierte seinen PDA:
Die königliche Polizei sucht den 19jährigen Elb Gildofal alias Jonas. Seine Ehren Lordanwalt Redomeus ermittelt gegen Gildofal wegen Vergehen der Zersetzung, Störung des Reichsfriedens, Volksverhetzung, Gotteslästerung- bzw. Beleidigung kirchlicher Würdenträger, Praktizieren verbotener Magie und Entzug der Strafverfolgung. Für Hinweise zum Aufenthalt Gildofals sind 5000 Reichstaler in Gold ausgelobt.
Jonas musste schlucken. Vom harmlosen Schüler zum Staatsfeind in einem Monat war Rekord, wenn auch ein zweifelhafter. Die Fahndung nach ihm war beeindruckend. Lordanwalt Redomeus war der oberste Ankläger des Reiches. Wenn er einen vor Gericht brachte, dann nicht vor einen alten, versoffenen Dorfrichter, der Streitigkeiten um Kühe, Schafe oder Hühner schlichtete. Redomeus brachte Leute vor das Königliche Reichsgericht unter dem Vorsitz des ehrwürdigen Lordrichters Sir Sebastopol Wax. Redomeus klagte nicht an, wenn er davon ausging zu verlieren. Und Redomeus gewann fast immer. Im Fall von Jonas und der ihm vorgeworfenen Verbrechen hieß dies im besten Fall »Tod durch das Schwert«, im schlimmsten Fall hingegen stand die Aberkennung der Bürgerrechte, Sklavenstatus und lebenslänglicher Arbeitsdienst in den Mienen von Morgorul. Manchmal war ein schneller Tod einfach angenehmer.
Er schüttelte entgeistert seinen Kopf. Was hatte er eigentlich verbrochen? Warum war er plötzlich eine Gefahr für das Reich?

War es wirklich ein Verbrechen, Krotos seine Grenzen zu zeigen?
Mit diesen Fragen im Kopf zog sich Jonas zurück in den Wald und wartete den Einbruch der Nacht ab. Mit der Fahndung war seine Flucht um etliches gefährlicher geworden, was bedeutete, dass er wesentlich vorsichtiger vorgehen musste. Erst als es richtig dunkel war, wagte er es, den Wald zu verlassen. Er wählte dazu einen Weg, der weit vom Dorf entfernt aus dem Wald heraus- und zuerst durch unbewirtschaftete Wiesen mit hohen Gräsern und Disteln führte. In dieser Nacht wollte er das Reservat verlassen. Nach der Fahndungsmeldung hatte Jonas den Gedanken beerdigt, sich noch einen Tag länger Zeit zu nehmen.
Das Reservat lag in einer wunderschönen Ecke des Königreiches. Obwohl die letzten Erstgeborenen das Land vor Jahrhunderten verlassen hatten, konnte man noch überall ihr Werk erkennen. Man musste nur genau genug hinschauen. Es gab Bäume, immergrün und mit goldenen Stämmen, die nirgends anders wuchsen. Es gab Blumen mit Blüten, die aufleuchteten, wenn man an ihnen vorbeistreifte. Der Boden war häufig weich und mit feinen Moosen oder Gras bedeckt, dass jedem Elb, der darüber lief, das Herz aufging.
Diese Schönheit und Natürlichkeit verlassen zu müssen, lag schwer auf Jonas' Herz. Trotzdem zwang er sich, möglichst schnell voranzukommen. Gegen vier Uhr hatte er die Reservatsgrenze erreicht. Vom Weitem konnte man bereits die Perimeternetzstangen mit ihren gelb blinkenden Warnlampen sehen. Aus Lautsprechern tönte ständig eine Stimme: »Warnung: Sie nähern sich der Grenze eines königlichen Elbenschutzgebiets. Überschreiten nur mit Sondergenehmigung. Grenzverletzungen werden strafrechtlich verfolgt.« Dann gab es einen Piepston und eine Energielinie leuchtete für zwei Sekunden zwischen den Stangen zur Warnung auf. Glücklicherweise handelte es sich um keinen tödlichen Energiestrahl, es sei denn, man war ein Ork, sondern er diente nur der Kennzeichnung der Grenzlinie.
Jonas suchte sich einen geschützten Platz, von dem aus man die Reservatsgrenze beobachten konnte, selbst aber nicht gesehen

wurde. Er fand eine Gruppe von Bäumen und kletterte auf einen hinauf. Oben angekommen legte er sich auf die Lauer. Es galt zu testen, ob seine Idee wirklich funktionierte. Zuerst passierte nichts. Die Gegend war sehr ruhig. Es verging fast eine viertel Stunde, in der nicht einmal ein Käuzchen zu hören war. Doch dann raschelte es in einem Buschwerk. Eine Bache mit Frischlingen kam angelaufen und schien sich von der quakenden und blinkenden Grenzanlage nicht stören zu lassen. Die Bache hielt schnurstracks drauf zu. Jonas sah auch, warum. Auf der anderen Seite der Grenze glitzerte die Wasseroberfläche eines Tümpels im Mondlicht.

Als die Bache und ihre Frischlinge sich auf ungefähr fünf Meter der Grenzlinie genähert hatten, flammte auf den beiden Grenzmasten links und rechts von der Wildschweingruppe ein helles grünes Licht auf. Es war ein Scanstrahl. Er tastete erst die Bache, dann jedes einzelne Ferkel ab. Kaum war das letzte Wildschwein gescannt, erlosch das Licht. Sonst passierte nichts weiter. Die Schweine verließen das Reservat und liefen zum Tümpel.

Jonas hatte gesehen, was er wissen wollte. Das Grenzsicherungssystem konnte Mensch und Elb von anderen Lebewesen unterscheiden. Hoffentlich machte es bei Wölfen keine Ausnahme.

Er kletterte den Baum hinab. Unten angekommen verkroch er sich in einem Dickicht aus Büschen und Sträuchern, zog sich dort nackt aus, verstaute seine Kleidung in seinem Rucksack, schnallte diesen um seinen Bauch und verwandelte sich in einen Wolf.

»Nun denn ...«, dachte er und tapste los.

Wie ein Wolf auf dem Weg zum Wasserloch hielt er ziemlich direkt auf die Grenze zu. Er war noch fünfzehn Meter entfernt, als er das niederfrequent pulsierende »Brumm Brumm« des Grenzlichts hörte. Zehn Meter. Von hier an hatte man alle Vegetation entfernt. Ein Streifen von zehn Metern vor und hinter der Reservatsgrenze bestand ausschließlich aus Sand oder Fels. Fünf Meter. Das Scanlicht flammte auf und hüllte Jonas ein. Für den Bruchteil einer Sekunde wollte Jonas stehen bleiben und den Scan abwarten, als ihm schlagartig klar wurde, dass das

sein letzter Fehler sein würde. Vermutlich war der Scanner unter anderem darauf programmiert, nicht instinktgesteuertes, sondern vernunftbegabtes Verhalten zu erkennen.
Jonas trottete mit flacher, fast geduckter Körperhaltung weiter, als wenn er das Scannerlicht überhaupt nicht bemerkte. Das Licht blieb an. Es erlosch nicht wie bei den Wildschweinen. Jonas hatte die fünf Meter bis zur Grenzlinie bereits hinter sich gelassen, aber das Licht war immer noch auf ihn gerichtet. Also tapste er weiter. Plötzlich kam ihm eine andere Idee. Er wechselte seinen Kurs. Statt in Richtung Wasserloch zu laufen, lief er direkt auf den nächsten Grenzmasten zu.
›Ich soll mich wohl artgerecht verhalten? Kein Problem!‹, dachte Jonas und grinste innerlich.
Als er den Mast erreicht hatte, schnupperte er am Fuß und stellte fest, dass er nicht der erste Hund war, der hier vorbeigekommen war. Und dann zeigte er, was ein Hund oder ein Wolf mit Pfählen im Allgemeinen und Laternenpfählen im speziellen machte. Er hob sein rechtes hinteres Bein und pisste gegen den Grenzmasten. Im gleichen Moment ging das Scannerlicht aus.

Finderlohn

Bei einem Besuch des königlichen Elbenreservats wird der Besucher fast unvermeidlich auf Verkaufsstände mit so genanntem authentischen Elbenkunsthandwerk treffen. Wir raten zur Vorsicht.

Der Großteil der angebotenen Gegenstände verdient nicht ansatzweise das Prädikat »Kunsthandwerk«. Es ist zumeist billige Massenware, einzig zum Zweck gefertigt, dem unwissenden Touristen das Geld aus der Tasche zu ziehen.

Muriels Reiseführer Band 17 – »Elben«

Die erste Hürde war genommen. Jonas war es gelungen, dem Reservat zu entkommen, leichter wurde seine Aufgabe dadurch aber nicht. Es war eher das genaue Gegenteil, was zutraf. Außerhalb des Reservats war das Land wesentlich dichter besiedelt. Es gab weit mehr Straßen mit hohem Verkehrsaufkommen auf eben jenen Wegen. Die Dörfer waren größer und bevölkerter. Ein weiteres ungewisses Hindernis auf dem Weg zur Grenze des Königreichs stellte eine Stadt dar. Jonas' Weg streifte sie an ihrer südwestlichen Flanke. Sie weiträumig zu umgehen, kostete Zeit. Zeit, so befürchtete er, die er vermutlich nicht mehr hatte. Jede Minute, die er sich noch im Königreich aufhielt, erhöhte die Gefahr verhaftet zu werden.
Jonas schob den Gedanken an dieses Problem beiseite. Es waren noch zweieinhalb Stunden bis zum Sonnenaufgang. Diese Zeit musste genutzt werden. Er zögerte für eine Sekunde, als er überlegte ob er als Elb oder Wolf weiterlaufen sollte, und entschied sich für seine Wolfsform. Als Wolf war er deutlich schneller als in seiner Elbenform.
Zwei Stunden später war er ein gutes Stück vorangekommen. Die ersten Ausläufer der Stadt fraßen sich in die Landschaft. Damit wuchs aber auch die Gefahr, entdeckt zu werden. Jonas sah sich um und entdeckte ein kleines Wäldchen, das ihm als Unterschlupf geeignet erschien. Der dichte, alte und verwachsene Baumbestand wirkte bestens geeignet, vor unerwünschten Blicken geschützt zu sein. Je tiefer er in den Wald

eindrang, desto verwilderter wurde er. Nur ein Elb konnte sich durch das Gewimmel von Ästen, Flechten und Wurzeln hindurchkämpfen. Erst als selbst für Jonas das Dickicht undurchdringlich wurde, kletterte er auf einen Baum, suchte sich eine geschützte Astgabel und schlief dort friedlich ein.

Als Jonas wieder erwachte, war es zu seiner großen Überraschung noch helllichter Tag.
»Ich bin mir sicher, dass er in diesen Wald gelaufen ist!«, schallte eine aufgeregte Stimme von unten hoch.
»Ein Wolf?«, erklang eine andere Stimme mit sehr skeptischem Unterton. Der Sprecher schien gegenüber der Behauptung seines Vorredners größte Vorbehalte zu hegen, »Der letzte Wolf wurde vor 70 Jahren erschossen. Du hast vielleicht einen großen Hund gesehen.«
»Nein, es war ein Wolf!«, beharrte die erste Stimme, »Ich weiß doch, wie ein Hund aussieht!«
»Und wo, bitteschön, soll dieser Wolf hergekommen sein? Ganz Goldor ist kultiviertes Land. Wo sollten sich da Wölfe ansiedeln?«, entgegnete die zweite Stimme weiterhin überaus skeptisch.
»Vielleicht kommt er aus dem Elbenreservat«, gab die erste Stimme zu bedenken, »Wer weiß schon, was diese Typen dort alles treiben.«
Die zweite Stimme sagte erstmal nichts. Jonas lauschte auf seinem Baum, was sich unter ihm tat. Er hörte Schritte und das Rascheln von herabgefallenen Blättern. Das dichte Blattwerk des Baumes verhinderte, dass man ihn entdecken konnte, besaß aber auch den Nachteil, dass er umgekehrt nicht sehen konnte, was sich unterhalb seines Verstecks abspielte. Angestrengt lauschend versuchte er sich ein Bild davon zu machen, was die beiden Männer wohl trieben. Er hörte es rascheln. Trockenes, morsches Astwerk knackte unter ihren Füßen. Buschwerk wurde zur Seite bewegt.
»Hm«, ließ sich plötzlich die zweite, skeptische Stimme nachdenklich verlauten. Sie drang direkt von unterhalb des

Baumes zu Jonas hinauf: »Ich glaube, du hast etwas gesehen, aber ...«
»Was?«, rief die erste Stimme und kam ebenfalls näher.
»Hier!«, meinte die zweite Stimme ernst, »Ich glaube kaum, dass ein Wolf so etwas mit sich herumträgt.«
»Eine Spange!«, rief die erste Stimme erstaunt aus.
Jonas schoss das Blut ins Gesicht. Ihm wurde heiß. Eine böse Ahnung überkam ihn. Panisch griff er nach seinem Rucksack, und seine Ahnung bestätigte sich. Eine der Schließen seines Rucksacks war abgerissen, vermutlich, als er sich durch das dichte und widerspenstige Unterholz gezwängt hatte.
»Eine silberne Schließe, eine Fibel. Der Machart zu urteilen ist sie elbischen Ursprungs. Schau dir nur die feinen getriebenen Linien auf der Oberfläche an. Ein echtes Kunstwerk«, meinte die zweite Stimme. Von Skepsis war nichts mehr zu hören. Ganz im Gegenteil meinte Jonas eine konzentrierte Wachsamkeit aus der Stimme heraushören zu können.
»Ist sie wertvoll?«, fragte die erste Stimme mit unverhohlener Gier.
»Wertvoll?«, knurrte der andere Sprecher, »Ja und nein. Die Fibel ist alt, sehr alt. Dies ist nicht der übliche pseudoauthentische Schund, den man im Reservat als Andenken kaufen kann. Dies ist echtes elbisches Kunsthandwerk, so um die 200 Jahre alt. So etwas sieht man sonst nur im Museum, oder aber...«
Der Sprecher ließ seinen letzten Gedanken unausgesprochen. Dafür meldete sich die erste Stimme wieder. Jonas musste, trotz seiner momentanen Nervosität, grinsen. 200 Jahre? Knapp daneben ist auch vorbei. Die Fibel war über 575 Jahre alt! Sein Vater hatte ihm erzählt, dass sie von einem seiner Urgroßväter, einem Elbenkunstschmied, für einen Mantel gefertigt worden war. An die Verschlussbänder des Rucksacks war sie erst etliche Jahre später geheftet worden.
»200 Jahre? Dann ist es wertvoll?«
»Vermutlich mehr als 30.000 Goldkronen. Siehst du diese Linien? Das sind elbische Schriftzeichen, vermutlich von einem Zauberspruch.« Die zweite Stimme klang plötzlich sehr zögerlich, fast vorsichtig.
»Meinst du, wir können sie behalten und verkaufen? Oder einen

Finderlohn erhalten? Wer so etwas verliert, muss doch sehr, sehr reich sein, oder? Der wird bestimmt einen Finderlohn bezahlen!«
»Entweder ist er reich oder er ist...«, die zweite Stimme klang extrem vorsichtig. Jonas ahnte, warum. Bevor man etwas finden konnte, musste es erst einmal verloren werden. Und wer würde eine echte, elbische Silberfibel verlieren? Mitten in einem dichten, verwilderten Wald?
»Ein Elb!«, schrie die erste Stimme enthusiastisch, »Beim König! Meinst du, der Elb der überall gesucht wird, hat sie verloren? Mann! Das wär' ein Ding. Für Hinweise zu seiner Ergreifung sind 10.000 Goldkronen ausgesetzt worden!«
»Psst! Verdammt, sei doch endlich still!«, fauchte die zweite Stimme gepresst, »Bist du wirklich so hohl im Kopf? Der Typ könnte immer noch hier sein!«
Womit der zweite Mann absolut recht hatte. Jonas wurde von einem Schweißausbruch nach dem anderen durchflutet. Natürlich war er noch da. Sogar direkt über den beiden. Wie konnte sich diese dumme kleine Fibel auch nur von seinem Rucksack lösen? ›Verflucht!‹, dachte er. Wenn diese beiden Holzköpfe wussten, wo er sich befand, dann würde es die königliche Polizei ebenfalls bald wissen. 10.000 Goldkronen waren kein Pappenstiel. Das war eine ernsthafte Menge Geld, das Nettojahreseinkommen eines kleinen Handwerkers. Er wusste zwar nicht, was die beiden Männer beruflich trieben, aber so wie die erste Stimme klang, waren 10.000 Goldkronen für sie nicht wenig.
»Oh!«, meinte der Erste, »Komm, lass uns abhauen und die Bullen benachrichtigen. Diese Kohle entgeht mir nicht!«
Nach diesem letzten Satz schwiegen die beiden Stimmen. Unterhalb von Jonas' Versteck begann es zu rascheln. Strauchwerk wurde beiseite gebogen. Das Rascheln entfernte sich, die beiden Männer verließen den Wald, schnurstracks in Richtung Polizei.
Jonas fluchte in sich hinein. Er fluchte über seine stümperhafte Flucht. Wie konnte er nur diese blöde Fibel verlieren? Warum mussten die zwei Deppen sie auch prompt finden? Warum war er als Wolf nicht vorsichtiger gewesen?
Wütend auf sich selbst, kletterte Jonas von seinem Baum. Er

durfte keine Sekunde länger bleiben. War die Polizei erst informiert, dürfte der Wald bald zur Falle werden, wenn er es nicht schon war.

Jonas verwandelte sich schnell in einen Hund, kleiner als ein Wolf. Sein Rucksack baumelte zwar sehr locker vor seinem Bauch, aber als Hund hoffte er, wesentlich weniger aufzufallen. Vorsichtig näherte er sich dem Waldesrand und spähte hinaus. Es war Nachmittag und immer noch sehr hell. Zur linken Seite bestand die Gegend aus abgemähten Feldern, auf denen noch die gedroschenen Halme des Getreides lagen. Rechter Hand lag eine Naturwiese mit hohem Gras und Disteln. Es war die einzige Chance. Als Hund würden die Gräser gerade hoch genug sein, um nicht entdeckt zu werden. Es sei denn, man würde mit einem Fluggerät nach ihm suchen.

Jonas lief los. Geduckt, den Körper niedrig haltend, lief er vorsichtig in die Naturgraswiese. Hoch konzentriert achtete er darauf, den großen, hohen Disteln auszuweichen und sie keinesfalls anzustoßen. Ein Beobachter, der über die Wiese schaute, hätte sonst am Wackeln der weit aufragenden Gewächse seine Anwesenheit erahnen und Position bestimmen können.

Kanalratten

Elben sind einfach süß!

Dass man mich jetzt nicht missversteht, ich meine dies nicht aus kulinarischer Sicht.

FINGOLF - Ältester lebender goldener Drache

Als über dem Wald die Hölle losbrach, hatte Jonas glücklicherweise bereits einiges an Distanz zwischen sich und dem Wald geschaffen. Die Gleiter der königlichen Polizei dröhnten laut zu ihm herüber. Die grünen Lichtfinger der Scanner, ähnlich denen der Reservatsgrenzanlage, suchten systematisch den Wald und seinen Saum ab. Im Physikunterricht hatte man ihnen von den Scannern erzählt. Es gab einen Film, der stolz zeigte, welche Fähigkeiten der Scanner bei der Personen- und Spurensuche besaß, und wie er eingesetzt wurde. Wie er genau funktionierte, wurde nicht erwähnt. Der Film zog sich vornehm auf einige nichtssagende pseudowissenschaftliche Begriffe zurück und erklärte, dass man aus patentrechtlichen und sicherheitsspezifischen Gründen keine Details nennen könne. Jonas kam dies schon damals wie eine Ausrede vor. Seit er aber den Scanstrahl am eigenen Leib erfahren hatte, war er sich fast sicher, dass das Scansystem von magischen Elementen Gebrauch machte. Das war in soweit überraschend, da die Firma Secur-O-Scann, wie die Firma Secur-O-Fence, im hundertprozentigen Besitz des Klerus war. Die Päpstin und Magie? Jonas empfand diesen Gedanken gleichzeitig befremdlich, merkwürdig plausibel, aber vor allem alarmierend.

Mittlerweile waren die Suchgleiter dabei, sich in Jonas' Richtung zu bewegen. Sie waren zwar noch recht weit entfernt, würden ihn aber unweigerlich einholen, sollten sie nicht ihre Suche abbrechen oder er ein Versteck finden. Die Fluggeräte waren einfach wesentlich schneller, als er, selbst als Wolf. Auf die erste Variante wollte sich Jonas nicht verlassen. Die Sucher machten nicht den Eindruck, als ob sie in nächster Zeit die Lust an ihrer

Arbeit verlieren würden. Was blieb, war die Suche nach einem Versteck.

Jonas lugte vorsichtig aus der Wiese heraus. Er schaute forschend in alle Himmelsrichtungen, doch keine schien ein geeignetes Versteck zu bieten. Der Wald schloss sich wegen seiner Verfolger sowieso aus. Die anderen Richtungen waren auch keine Alternativen. Die größten Bereiche bestanden aus flachem Grasland, ähnlich dem, in dem sich Jonas gerade befand. Es gab zwar Deckung, aber nur von der Seite. Ein Fluggleiter würde Jonas sofort entdecken. Die verbliebenen Alternativen waren erst recht keine: eine ausgedehnte Brache, auf der allerlei landwirtschaftliche Geräte verstreut lagen, eine Landstraße mit Abzugsgräben links und rechts und ein Areal mit landwirtschaftlichen Zweckbauten. Letztere schloss Jonas sofort als Unterschlupf aus. Dort würde die Polizei als Erstes suchen.

Die Situation war ernüchternd. Der einzig mögliche Weg bestand darin, der Wiese weiter zu folgen und zu hoffen, dass die Suchgleiter ihre Lust am Sucher verloren, bevor sie Jonas erreicht hatten.

Da jede Sekunde Zögern wertvolle Wegstrecke und somit Distanz kostete, sprang Jonas sofort los, als ihm das Ergebnis seiner Überlegungen klar war. Weiterhin tief geduckt jagte er durch die Wiese und versuchte, dabei so wenig Bewegung in die Halme zu bringen wie eben möglich. Hoch konzentriert suchte sich Jonas deswegen einen Pfad, an dem das Gras dünner beieinanderstand. Er machte sich so schmal wie möglich und schlüpfte geradezu durch die Vegetation.

Es dauerte eine Weile, aber mit der Zeit entwickelte er fast so etwas wie einen Instinkt im Finden von Pfaden. So dachte er jedenfalls am Anfang, bis er merkte, dass er in Wirklichkeit Pfade fand, die von Tieren, wie Füchsen, benutzt wurden. Seine lycanthropischen Sinne hatten ihn unbewusst in die richtige Richtung gebracht.

So gut sich seine Fähigkeiten auch entwickelten, so sehr drohten sie wirkungslos zu verpuffen. Das Surren der Fluggleiter war mit der Zeit langsam, aber konstant, lauter geworden. Jonas' Verfolger holten auf. Es war nur noch eine Frage der Zeit, bis sie ihn eingeholt hatten. Mit dem Mut der Verzweifelten legte Jonas

noch einen Zahn zu. Er lief nicht mehr, er achtete auch nicht mehr auf die Pfade, er jagte nur noch davon, weg von seinen Häschern.
»Scheiße!«
Jonas hatte sich gerade umgedreht, um zu sehen, wie weit die Suchstrahlen noch von seinem Standort entfernt waren, als vor ihm der Boden unter seinen Füßen verschwand. Der folgende Sturz war zwar nicht tief, aber schmerzhaft. Jonas landete auf hartem Beton. Während er sich umgedreht hatte, war ihm entgangen, dass sein Weg von einem quer verlaufenden Abzugsgraben gekreuzt wurde. Der Graben war etwa so tief, wie Jonas als Wolf groß war und bestand aus einer Rinne aus Beton. Glücklicherweise war es seit Wochen trocken geblieben, und im Graben stand kein Wasser. Um so schmerzhafter war natürlich der Aufprall. Jonas schüttelte sich, schaute sich um und versuchte sich zu orientieren.
Im Graben war es recht dunkel. Das Gras der Wiese hatte den Graben wie ein Dach überwuchert. Wenn es auch kein Versteck für die Suchstrahlen war, so war es auf jeden Fall ein Versteck für suchende Augen.
Jonas schaute sich erneut um. Der Boden war hart und fest, wie es sich für Beton gehörte. Der Graben führte zwar nicht direkt in die Richtung, in die Jonas wollte, aber er bot sehr viel Deckung und, fast wichtiger noch, auf diesem Boden konnte man hervorragend laufen. Hier und da lag ein Stein im Weg, aber ansonsten war der Abzugsgraben die reinste Rennbahn.
Jonas entschied sich für die Richtung, die ihn weiter von der Stadt wegbringen würde, und rannte los. Wie ein Sturzbach jagte er durch den Graben, der für ihn durch sein Grasdach eher so etwas wie ein Tunnel war. Stellte sich nur die Frage, wie lang dieser Fluchtweg wohl sein würde.
In regelmäßigen Abständen blieb er stehen und lauschte, wie weit seine Verfolger waren. Das Geräusch der Sucher veränderte sich nicht. Es wurde nicht lauter, aber auch nicht leiser, was vermutlich bedeutete, dass sich Jonas und seine Jäger parallel zueinander bewegten.
Dies ging so eine ganze Weile. Jonas und die Sucher kamen sich nicht näher, entfernten sich aber auch nicht voneinander. Erst

nach einer viertel Stunde hatte Jonas den Eindruck, als wenn der Turbinenlärm der Suchgleiter ein klein wenig leiser geworden wäre. Erfreulicherweise mündete der Graben in einen etwas größeren, der obendrein quer verlief und somit weiter von den Verfolgern weg führte. Der neue Graben war nicht nur ein klein wenig breiter, sondern auch tiefer. Ein kleines Rinnsal lief in seiner Mitte entlang, das von Zuleitungsgräben gespeist wurde, die ab und zu links und rechts auftauchten. Jonas folgte diesem Sammelgraben und stellte mit Genugtuung fest, dass seine Häscher wirklich hinter ihm zurückblieben. Er wollte gerade neue Hoffnung schöpfen, als sein Weg jäh endete.

Unvermittelt stand Jonas am Fuß einer Betonwand. Der Graben setzte seinen Weg durch die Betonwand fort. Dazu gab es ein Metallgitter vor einem großen Durchbruch in der Wand. Vermutlich diente das Gitter dazu, Treibgut abzufangen. Ansonsten schien die Wand Teil eines quaderförmigen Gebäudes zu sein. Obwohl Gebäude ein viel zu hochtrabender Ausdruck war, für ein Objekt mit den Dimensionen eines Geräteschuppens. Für Jonas, der sich aus seinem Graben nicht heraustraute, gab es hingegen nur eine Betonwand und das Gitter, hinter dem das Rinnsal verschwand.

Jonas' Flucht war in einer Sackgasse zum Stillstand gekommen. Das Jaulen der Gleiterturbinen wurde auch wieder lauter. Wohin sollte er nun? Den Graben verlassen hieß, entdeckt zu werden. Zurücklaufen? Eine der Abzweigungen nehmen? Dafür schien es zwischenzeitlich zu spät zu sein, denn die Verfolger kamen nun deutlich näher. Sich hier verkriechen und hoffen? Augen konnten ihn sicherlich nicht unter dem Grasdach entdecken, aber die Suchstrahlen konnten es bestimmt.

»Verdammt!«, fluchte Jonas in sich hinein, als sein Blick auf das Gitter fiel. Vielleicht konnte er sich hinter diesem Gitter in dem Betonklotz verstecken. Für einen Elben oder einen Menschen war der Durchbruch zu klein, aber in seiner Wolfsgestalt sollte er durch die Öffnung hindurchschlüpfen können. Dazu müsste sich das Gitter aber irgendwie entfernen lassen. Jonas sah sich die Konstruktion etwas genauer an. Das Gitter war mit Scharnieren an der Betonwand befestigt. Sie waren zwar verrostet, aber eindeutig noch als Scharniere zu erkennen. Wenn

es Jonas gelang, das Gitter hochzuklappen, könnte er in den Betonklotz schlüpfen. Der Wanddurchbruch war für ihn als Wolf gerade groß genug, schließlich sollten auch starke Regenfälle aufgenommen werden können.
Jonas griff nach dem Gitter und stellte dabei fest, dass er in seiner Wolfsform nicht gut greifen konnte. Er verwandelte sich zurück in seine Elbenform und versuchte es erneut. Das Gitter saß fest. Er rüttelte, und es quietschte. Seine Verfolger kamen immer näher. Jonas wurde nervös, um nicht zu sagen panisch. Er zerrte und riss an dem Gitter, aber es wollte nicht nachgeben, als wenn es von etwas festgehalten wurde. Was das war, konnte Jonas nicht sehen, denn der untere Teil des Gitters lag unterhalb der Wasseroberfläche und das Wasser war dermaßen trübe, dass man nichts erkennen konnte. Etwas angeekelt griff Jonas hinab und tastete nach dem Grund.
Ein Verschluss! Jonas erfühlte einen Verschlussbügel und einen Riegel. Er schob ihn auf, klappte den Bügel weg und packte das Gitter. Er ließ sich öffnen. Im gleichen Moment flammte neben Jonas ein grünes Licht auf. Ein Such- und Scanstrahl war dabei, das Terrain zu erkunden. Der Strahl war bestenfalls zwei Meter hinter ihm und folgte dem Verlauf des Grabens direkt auf Jonas zu. Ohne weiter nachzudenken, riss Jonas das Gitter vollständig auf, verwandelte sich in einen Wolf und schlüpfte in das schwarze Loch, in dem der Graben verschwand.

Untergetaucht

Orks sind unkontrollierbar, unzähmbar, aggressiv und illoyal. Es sind keine Zeitgenossen, mit denen man sich gerne umgibt. Leider erfordert unsere schwere Aufgabe zuweilen genau diese Art von Wesen, um erfolgreich unser Land schützen und verteidigen zu können.

Lordanwalt REDOMEUS auf eine Anfrage des Ständeparlaments zum Einsatz von Orks im Sicherheitsdienst

Jonas wurde auf der Stelle von Dunkelheit verschlungen. Direkt hinter dem Gitter befand sich eine steile und durch das Wasser und Algen besonders glitschige Rampe. Er sah nur noch, wie die helle Öffnung über ihm verschwand, während er in eine unbekannte Tiefe sauste. Er versuchte erst gar nicht, sich mit seinen Pfoten irgendwo festzukrallen, dafür war die Rampe viel zu glatt. Jonas hoffte schon, er wäre seinen Verfolgern entkommen, als durch die eben gerade noch sichtbare Öffnung ein grüner Scanstrahl hinab drang und Jonas für einen kurzen Moment berührte. Der Kontakt bestand für weniger als ein Blinzeln, reichte aber aus, um ihn nervös zu machen. Was würden seine Sucher auf ihren Anzeigen sehen? Einen kurzen Blip, ein Aufflackern, das sie als Störung abtun würden? Einen Wolf? Oder doch einen Elben?

Während Jonas noch über seine Verfolger nachdachte, erreichte ihn ein viel dringenderes Problem: Die Rutschpartie nahm ein Ende. Jonas landete in einem riesigen Becken voll altem und modrigem Wassers.

»Entzückend«, murmelte er und versuchte sich zu orientieren, wobei ihm sein Wolfskörper hilfreich war. Jonas stellte fest, dass er hervorragend schwimmen konnte.

Überraschenderweise gab es an diesem Ort Licht, wenn auch nur sehr wenig. An einer Wand, die ein paar Meter von Jonas entfernt war, befanden sich in regelmäßigen Abständen Schildkröten- oder auch Kellerlampen. Man hätte sie auch Funzeln bezeichnen können. Das trübe Licht reichte Jonas aber aus, um zu erkennen, wo er war. Er schwamm in einer Art Bassin, einem Sammelbecken für das Wasser, das aus der Wiese

abgeleitet wurde. Das Wasser kam die Rampe hinunter und sammelte sich hier. Momentan war es nur ein Rinnsal, das aber ausreichte, um die Rampe extrem glitschig zu machen.
»Was für ein merkwürdiger Ort«, meinte Jonas in Ermangelung eines Gesprächspartners zu sich selbst, »Was wohl mit dem ganzen Wasser hier unten passiert, wenn das Becken voll ist. Und, wie komme ich hier wieder raus?«
Völlig unerwartet entpuppten sich beide Fragen als miteinander verknüpft. Während sich der Elb in Wolfsgestalt noch umschaute, hatte er an einer Wand des Beckens Metallsprossen entdeckt, die bis zu dessen oberem Rand reichten. Vermutlich gab es dort einen Wartungsgang. Noch während Jonas auf die Sprossen zuschwamm, ertönte plötzlich eine Warnsirene, ein zwei Sekunden dauernder knurrender Hupton. Kaum war der Ton verebbt, begann ein Elektromotor zu fauchen, und Leben kam in das bisher stille Wasser im Bassin. Erst war es nur ein Gurgeln, doch wenig später merkte Jonas, dass ein Sog, eine Art Strudel, ihn in die Mitte des Beckens sog. Erst jetzt sah er das große Rohr – es hatte wenigstens den Durchmesser von einem Meter – das von einer Wand quer durch den Raum bis zur Mitte des Beckens führte. Dort angekommen endete es in einem Zylinder, der von der Decke in das Bassin eintauchte. Vermutlich war es eine Pumpe, die das Wasser aus dem Becken in das Rohr befördern sollte und der knurrende Hupton war eine Warnung, dass sich diese Pumpe in Betrieb setzte. Die Idee, einen vor der Pumpe zu warnen, war an und für sich gar nicht mal so schlecht, nur waren zwei Sekunden Vorwarnzeit alles andere als ausreichend.
Die Kraft der Pumpe war gewaltig. Um sie herum entstand ein monströser Strudel, der Jonas im Becken herumwirbelte und vor allem drohte, ihn nach unten zu ziehen. Er musste mit aller Kraft gegen diesen Sog ankämpfen. Und er fragte sich, wie lange er diese Kraftanstrengung durchhalten konnte. Vermutlich würde die Pumpe so lange laufen, bis sie das Becken zum größten Teil leer gepumpt hatte. Nur wann war das? Wie tief war das Becken? Als er hineinfiel, hatte er keinen Boden unter seinen Füßen ertasten können. Ein zufälliger Blick auf die Metallsprossen ließ Jonas das Blut in den Adern gefrieren. Waren es am Anfang drei

Sprossen, die über der Wasseroberfläche zu sehen waren, waren es jetzt fünf Sprossen. Der Wasserspiegel sank dramatisch, und damit wurde der Sog immer stärker. Die Pumpstation verfügte über einen extrem kräftigen Motor, der ein großes Flügelrad antrieb, mit dem auch Schlamm und kleine Steine aus dem Becken befördert werden sollten. Dumm nur, dass die Pumpe keinen Unterschied zwischen steinigem Schlamm und einem Elben in Wolfsgestalt machte. Sie pumpte und das kräftig.

Bei Jonas brach langsam Panik aus. Seine Arme und Beine begannen unter der Anstrengung zu schmerzen. Nur unter größtem Kraftaufwand konnte er sich noch eben gerade über der Wasseroberfläche halten. Inzwischen hatte der Strudel ihn in seinen Bann genommen. Jonas kreiste im Becken mit dem ganzen Wasser umher, das, aufgewirbelt durch die Pumpe, zur schlammigen, stinkigen, schleimigen Brühe wurde. Verzweifelt versuchte der Elb die Metallsprossen zu erreichen. Jedes Mal, wenn ihn der Strudel an ihnen vorbeitrieb, versuchte er nach ihnen zu greifen. Aber die Sprossen waren glitschig und von Schlickfäden überzogen. Außerdem hinderte die Wolfsgestalt ihn beim Zupacken. Allerdings wagte Jonas es nicht, sich in dieser Situation zurückzuverwandeln, da er als Wolf einfach wesentlich besser schwimmen konnte.

Nur wie lange noch? Mit jedem Zentimeter, den der Wasserspiegel sank, wurde der Sog des Strudels stärker. Zweimal hatte er Jonas bereits unter die Wasseroberfläche gezogen. Prustend und nach Luft japsend, gelang es ihm noch jedes Mal sich aus dem Sog zu befreien. Aber seine Arme und Beine wurden immer schwerer. Die Kräfte schwanden rapide.

Ein weiteres Mal kam er an einer der Sprossen vorbei. Der Strudel war inzwischen ein regelrechter Trichter mit dem Pumpenrohr im Zentrum. Die Fliehkraft hatte Jonas an den Rand des Beckens befördert. Eine Sprosse kam in Greiflänge. Jonas packte zu. Ohne weiter darüber nachzudenken, wechselte er in seine Elbengestalt und krallte sich erst mit einer, dann mit beiden Händen an der Sprosse fest. Das Wasser zerrte an ihm, schlug an seinem Körper eine mächtige Bugwelle. Nach Luft japsend klammerte sich Jonas an seine Sprosse. Nur nicht loslassen! Die trübe Schlammbrühe tobte und schäumte und riss an seinem Körper, doch gleichzeitig sank der Wasserspiegel. Langsam ließ das Zerren nach. Jonas fühlte, wie er schwerer wurde, da die Wirkung des Auftriebs abnahm. Vorsichtig angelte er mit seinen Beinen nach einer Sprosse, denn es war nicht mehr das Wasser, das an ihm zerrte, sondern sein eigenes Gewicht. Erst als er eine Sprosse fand, auf die er seine Füße stellen konnte, fand er einen Moment, um Luft zu holen. Unter ihm gurgelte immer noch das Wasser.

Und dann war es plötzlich ruhig. Das hochfrequente Pfeifen des Pumpenmotors wurde niederfrequenter und verstummte. Die Pumpe war aus. Der Strudel wurde langsamer und verschwand. Es gab ein finales Gurgeln, dann herrschte Stille. Das einzige Geräusch war das leise Plätschern von Wasser, das vom Zulauf aus der Wiese hinabfiel – und sein erschöpftes Keuchen.

Jonas schaute sich um. Es war sehr dunkel. Von den Lampen, die er gesehen hatte, drang nur wenig bis zu ihm herab. Herab war das richtige Wort, denn als er nach oben schaute, stellte er fest, dass er sich schätzungsweise fünf Meter unterhalb der früheren Wasserlinie befand. Was die Sache noch etwas unheimlicher machte, war die jetzige Wasserlinie. Jonas schaute nach unten und sah einen Abgrund. Es war schwer zu schätzen, wie viel Meter tiefer das Wasser gesunken war. Jonas schätzte die Distanz bis zur Wasserlinie auf vielleicht knapp drei Meter. In der Mitte des nun leeren Bassins stand ein Zylinder, der offenbar die Pumpenturbine enthielt. Ganz unten meinte Jonas Einströmöffnungen ausmachen zu können. Kein Wunder, dass die Pumpe aufgehört hatte zu pumpen, das Becken war leer.

»Was mache ich hier eigentlich?«, fragte er sich laut. Statt über Pumpen und Regenwasserbecken zu spekulieren, sollte er zusehen, von diesem Ort zu verschwinden. Mit neuer Entschlossenheit packte er die Sprossen vor seinen Augen mit beiden Händen und versicherte sich, dass er sicher stand. Vorsichtig löste er seine rechte Hand und griff nach der nächsten Sprosse über ihm. Der Abstand zwischen den Sprossen betrug vielleicht zwanzig Zentimeter. Der junge, nackte Elb zog sich hoch und tastete mit seinem linken Fuß nach der nächsten Sprosse.

Und dann passierte es. Es war nicht Unachtsamkeit. Auch kein Leichtsinn. Es war schlicht und ergreifend Materialermüdung

und fehlende Wartung. In dem Moment, als Jonas sein Gewicht auf die nächste Sprosse verlagerte, brach diese aus dem Mauerwerk. Jonas verlor sein Gleichgewicht und ebenso den sprichwörtlichen Boden unter seinen Füßen. Nur seine schnelle Reaktion rettete ihn davor, sofort abzustürzen. Seine Beine baumelten in der Luft, hektisch tastete er mit seinen Füßen nach einer rettenden Sprosse, doch er fand keine. Die aufkeimende Panik hinderte ihn daran kühl, ruhig und überlegt nach der Sprosse zu suchen. Seine Arme, an denen sein ganzen Gewicht hing, schmerzten. Jonas wusste, dass er sich nicht mehr lange halten konnte. Das Erlebnis mit dem Pumpenstrudel hatte zu viel Kraft gekostet.
Er versuchte, sich zu entspannen. Wenn er einen Stand für seine Füße finden wollte, dann musste er ruhig sein, ruhiger werden. Langsam und tief atmen!
Im Mauerwerk knackte es. Es schien, als wenn sich die ganz Welt gegen ihn verschworen hätte. Es war die Sprosse, an der er mit seinen Armen hing. Jonas konnte zusehen, wie der Beton um den Stahl bröckelte und die Sprosse langsam, aber unaufhörlich begann herauszurutschen.
»Scheiße!«, war das Letzte, was Jonas schrie.

Wenn man einmal von den Effekten vagabundierender Magiefelder der 2. Kategorie absieht, folgen fallende Körper der Schwerkraft. Jonas' Körper tat das Gleiche, als sich die Sprosse als illoyales Stück Metall entpuppte: Er fiel. Das Letzte, was Jonas sah und fühlte, war die dunkel glitzernde Wasseroberfläche, die auf ihn zuraste, und das Gefühl, wie er auf die Wasseroberfläche klatschte und ihm schließlich etwas an den Kopf schlug.
Jonas verlor sein Bewusstsein.

›Vermutlich bin ich gerade gestorben‹, dachte Jonas und griff sich an seinen schmerzenden Schädel, ›Obwohl, wenn ich tot wäre, würde es mir deutlich besser gehen.‹
Der junge Elb berührte eine klebrig-feuchte Stelle an seinem Schädel und wurde sofort mit einem stechenden Schmerz für seine Neugier bestraft. Als er seine Finger betrachtete, klebte Blut an ihnen.
Jonas sah sich um, und stellte fest, dass sich die Welt signifikant geändert hatte. Er lag nicht im Wasser, sondern auf einem Betonboden. Es war auch nicht mehr ganz so dunkel, wie in dem Becken. Mehrere Schildkrötenlampen erhellten den Ort. Er lag in einem kleinen Raum mit Betonwänden ohne Fenster, aber mit einem Durchgang, der mit allerlei Schaltschränken und Kabeln angefüllt war Und noch etwas war anders: Er war nicht mehr nackt.
»Ah! Du bist wach, Elbenschwuchtel?«
Inhalt und Klang der Stimme waren eindeutig, ihr Eigentümer war ein Ork. Jonas wandte sich der Stimme zu und sah nicht nur einen Ork, sondern einen ausgewachsenen Uruk. Uruks, gut ein Drittel größer als normale Orks, bestanden aus nichts anderem als Muskeln. Und dieser Uruk war der Archetyp eines Uruks. Arme so dick wie Baumstämme, Brustmuskeln, die mit einem leichten Zucken Ketten aus gehärtetem Stahl sprengen konnten. Die Haut des Uruks glänzte schwarz und feucht, sein schwarzes Haar fiel wild und verklettet über seine Schultern herab. Uruks wurden nur für einen Zweck gezüchtet: Man brauchte erbarmungs-, furcht- und skrupellose Kampfmaschinen. Wenn ein Uruk irgendwo gewütet hatte, blieb an diesem Ort nichts anderes zurück als gemarterte Ödnis.
»Danke«, murmelte Jonas, obwohl er nicht sicher war, ob er seinem Retter wirklich danken sollte.
Der Uruk sprang auf Jonas zu. ›Was jetzt, bin ich sein Abendessen?‹, dachte Jonas, doch der Uruk machte nicht den Eindruck, als wenn er sofort zubeißen wollte. Stattdessen hockte er sich direkt vor Jonas hin. Allein das Hinhocken dieser

muskelbepackten Kampfmaschine jagte seismische Schockwellen durch den Beton.

»Was macht ein Elblein wie du in einem Regenwassersammelbecken?«, fragte der Ork, schien aber nicht sonderlich an einer Antwort interessiert zu sein. Vielmehr legte er eine kleine Tasche vor sich hin, öffnete sie und schüttete ihren Inhalt vor sich und Jonas aus. Soweit man es in der Düsterkeit der Schildkrötenlampen erkennen konnte, handelte es sich um die Bestandteile eines Medpack. Mit erstaunlicher Präzision und Sicherheit, als wenn er ganz genau wusste, was er tat, pickte sich der Uruk bestimmtes steriles Verbandsmaterial, Zangen, Pinzetten und Behälter mit unbekanntem Inhalt aus dem Haufen heraus. Als er alles zusammenhatte, packte er Jonas' Kopf mit seiner rechten Hand. Obwohl »Hand« für diese Pranke eine totale Untertreibung war.

»Nicht bewegen«, knurrte er.

Bewegen? Wie denn? Die Hand des Uruks hielt Jonas' Kopf fest, als wäre er in einen Schraubstock eingespannt.

»Ahhhhh!«, schrie Jonas auf, als der Uruk jene Stelle berührte, die Jonas schon einmal hatte zusammenzucken lassen.

»Gut«, knurrte der Ork, »Das haben wir gleich. Meinst du, du kannst dich für ein paar Sekunden beherrschen und nicht rumzappeln? Ich brauche meine beiden Hände und kann dich nicht festhalten.«

Jonas verstand nicht, was der Ork meinte, nickte aber vorsichtig.

Der Uruk zögerte nicht und legte sofort los. Er schnappte sich eine flache Kunststofftüte aus dem Medpack und riss sie sehr professionell auf. Er wusste offenbar ganz genau, wie er die Gummihandschuhe überziehen musste, ohne deren Sterilität zu gefährden.

»Jetzt stillhalten!«, kam barsch eine Anweisung.

Jonas biss seine Zähne zusammen, es gab ein Zischen, wie von einer Sprühdose, und dann explodierte Jonas' Kopf. Jedenfalls fühlte es sich so an. Der junge Elb sah Sterne. Die vom Schmerz ausgelöste Agonie war so überwältigend, dass er nicht einmal mehr zusammenzucken konnte. Die ganze unerfreuliche Erfahrung währte nur wenige Sekunden, die sich für Jonas aber wie Stunden anfühlten, dann hatte das Spray seine volle Wirkung

entfaltet. Es enthielt eine Kombination aus einem sehr starken lokalen Anästhetikum und einem Desinfektionsmittel. An Jonas' Reaktion erkannte der Uruk, dass die Wirkung des Mittels eingesetzt hatte, und er begann mit seiner eigentlichen Arbeit. Hätte Jonas sehen können, wie der Ork arbeitete, er wäre überrascht gewesen, mit welcher Sorgfalt und Präzision die Wunde versorgt wurde. Nach ein paar Minuten war alles erledigt.
»Was...?«, fragte Jonas.
»Du hast ganz schon was abbekommen, Elbentucke. Ich musste deine Kopfhaut nähen«, meinte der Uruk.
»Danke!«, entgegnete Jonas unsicher und fragte sich, was er von der ganzen Situation halten sollte. Wenn er seine Lage hätte beschreiben müssen, dann sah sie ungefähr so aus: Jonas, alias Gildofal, ein 19jähriger, bisher unauffälliger Schüler entdeckte sein Rückgrat und lehnte sich gegen Ungerechtigkeiten auf, insbesondere gegen die, von den Orks seiner Klasse ständig als Prügelknabe misshandelt zu werden. Wegen dieses Wunsches kam er zwangsläufig in Konflikt mit der Schulleitung, dann mit dem Klerus und folgerichtig auch mit der königlichen Justiz. Der simple Wunsch, fair behandelt zu werden, mutierte zu einem Fall der Staatsräson, und Jonas wurde zum Staatsfeind. Er floh, wurde auf seiner Flucht entdeckt, verfolgt, landete in einer Entwässerungspumpstation, wo er fast von einem Wasserstrudel verschluckt wurde, sich aber retten konnte. Dabei stürzte er, schlug sich beim Sturz den Schädel auf und wurde schlussendlich von einem Ork verarztet. Ach ja, irgendwo dazwischen wurde er auch noch von einem Lycanthropen gebissen und verwandelte sich durch diesen Biss selbst zu einem.
Der Uruk tat den Dank mit einem Schulterzucken ab und packte stattdessen das Medpack wieder zusammen.
»Wie heißt du eigentlich?«, knurrte er.
»Jonas.«
»Klingt nicht sehr elbisch«, kam die knappe Antwort.
»Eigentlich heiße ich Gildofal.«
»Das klingt elbisch – und schwul!«, meinte der Uruk und wurde mehr und mehr zu einem Rätsel.
»Hast du ein Problem mit Elben?«
»Nö, ihr seid süß.« Der Ork deutete so was wie ein Grinsen an,

»Kulinarisch gesehen.«
War das jetzt Ironie oder ein Witz mit bitterem Beigeschmack? Auf der anderen Seite, warum sollte ein Ork Jonas' Kopfhaut nähen, wenn er ihn anschließend als Abendessen verzehren wollte?

Uskav

Elben? Gibt es etwas Delikateres als Elbenfleisch?

USKAV, Prätorjanischer Uruk erster Klasse, General und Meister des Morders Seiner Majestät des Königs

Nach dem unheimlichen Witz schlief die Kommunikation zwischen dem Elben und dem Uruk ein. Der Ork griff zu etwas, was wie ein überdimensionierter Rucksack aussah, angelte ein Datenpad heraus und begann mit dem Teil zu arbeiten. Jonas beobachtete ihn eine Weile dabei und fragte sich, was er tun sollte. Fliehen? War er überhaupt ein Gefangener? Und wenn er fliehen sollte, wie und wohin? Er wusste ja nicht einmal, wo er zurzeit war. Der Ork hatte zwar etwas von einem Pumpwerk erwähnt, aber das brachte ihn auch nicht wirklich weiter.
Jonas sah sich vorsichtig um. Der Raum, in dem er sich gerade befand, beherbergte offensichtlich die Schalt- und Steuerungstechnik für die mörderische Pumpe. Wenn er den Pegelschreiber auf einem der Schaltkästen richtig interpretierte, war die Pumpe nur deswegen angesprungen, weil das Wasser im Becken unmittelbar vor dem oberen Einschaltpegel der Pumpe stand. Durch den Sprung ins Bassin reichten dann die Wellen aus, um den Einschaltkontakt zu schließen. Jetzt verstand Jonas auch, warum er sich bei seinem Absturz ins leere Becken nicht das Genick gebrochen hatte. Das Becken war nicht vollständig leer, das Wasser war immer noch tief genug, dass Jonas bei seinem Sturz nicht bis auf den Boden knallte, der zudem mit Schlamm bedeckt war und den Aufprall zusätzlich abfederte. Diese Erkenntnis führte unmittelbar zu einer weiteren: Wäre der Ork nicht gewesen, wäre er unweigerlich ertrunken. Er verdankte diesem Ork sein Leben. Entsetzt starrte er den Muskelberg von einem Uruk an.
»Was?«, fragte dieser und schaute von seinem Datenpad auf.
»Du hast mein Leben gerettet.«
»Und wenn schon«, meinte der Ork schlicht und wandte sich wieder seinem Pad zu.
»Danke!«, meinte ein massiv verwirrter Elb erneut dankbar.

»Okay«, murmelte der Uruk ohne aufzusehen.
Jonas schüttelte ernüchtert seinen Kopf, mühte sich auf und wanderte ein wenig herum. Er verließ den Schaltraum und stand in einem Gang aus Beton. An den Wänden hingen in regelmäßigen Abständen Schildkrötenlampen, welche sich erfolglos mühten, die herrschende Dunkelheit zu vertreiben. Jonas schaute sich weiter um, er wählte eine Richtung aus und folgte dem Gang. Nach wenigen Schritten öffnete sich der Gang in eine Halle. Jonas erkannte sie, es war der Raum mit dem Regenwasserbecken. Als er vorsichtig über den Rand des Beckens schaute, erschrak er vor dessen Tiefe.
»Elbenschwuppe?«, rief plötzlich der Ork.
Jonas ärgerte diese permanente Beleidigung, hielt es aber seiner Gesundheit abträglich, den Ork zu verärgern. Statt etwas gegen die wenig schmeichelhaften Namen zu sagen, lief er schnell zum Schaltraum zurück.
»Du solltest hier nicht herumlaufen.«
»Warum nicht? Bin ich dein Gefangener?« Jonas fragte gereizter, als er das wollte.
Der Uruk ging nicht darauf ein, stattdessen sagte er: »Der Laden hier ist gefährlich. Alles morsch und verrottet. Deine Wunde könnte wieder aufplatzen.«
Er legte sein Pad beiseite und öffnete seinen Rucksack: »Hast du Hunger?«
Jonas nickte schüchtern, war sich aber nicht sicher, dass er das Gleiche wie der Ork essen wollte. Als Elb ernährte er sich vegetarisch. Der Ork vermutlich nicht.
»Hier!«, der Ork hielt Jonas einen frischen Kanten Brot hin, »Magst du Butter oder ist das zu tierisch?«
Jonas' Verunsicherung steigerte sich ins Unermessliche. Dieser Ork, der Prototyp einer Kampfmaschine, wusste nicht nur, dass Elben Vegetarier waren, er respektierte und beachtete es sogar.
»Wer bist du?«, fragte Jonas erstaunt.
War da so etwas wie Traurigkeit im Gesicht des Orks zu entdecken? Der große Uruk stierte eine Weile ausdruckslos vor sich hin, dann antwortete er schlicht: »Iss!«
Das Brot und die Butter schmeckten gut. Der Ork hatte sein Brot noch mit etwas Fleisch, dem Geruch nach zu urteilen,

Salami, belegt. Beide aßen schweigend. Erst, als Jonas sein Brot aufgegessen und der Ork sein zweites Brot halb verdrückt hatte, begann er zu sprechen. Er klang nachdenklich und schaute beim Sprechen vor sich auf den Boden.
»Ich bin Uskav, ein Uruk. Ich war Soldat im Dienste des Königs.«
Uskav, der Uruk, sprach langsam. Jonas wollte es nicht glauben, aber aus dieser Stimme klang ein tiefer Schmerz heraus, der Schmerz einer verletzten und gequälten Seele. Erstaunlich, bisher hätte Jonas für sich die Frage verneint, ob Orks überhaupt über Seelen verfügten. Dieser Ork besaß eine. Daran bestand kein Zweifel. Außerdem war da noch mehr. Jonas war sich fast sicher, dass an diesem Ork etwas nagte. Hatte er wirklich gesagt, er *war* im Dienste des Königs? Und was war er jetzt?
»Bist du etwa jener Gildofal, den sie überall suchen?«
Uskav hatte Jonas respektive Gildofal die Entscheidung abgenommen. Er hielt dem Elben sein Datapad hin. Der Fahndungsbrief füllte die Seite vollständig aus. Wie es aussah, war inzwischen sogar das Kopfgeld erhöht worden. 20.000 Reichstaler in Gold bot man für seine Ergreifung. Außer den bekannten Vorwürfen hatte man noch eine weitere Tat den Anklagen hinzugefügt: Mord. – Mord? Jonas riss, ohne nachzudenken, dem Uruk das Pad aus der Hand. Der Steckbrief listete alle Anklagepunkte haargenau auf und sparte dabei nicht an kräftigen Farben. Wenn es nach dem ging, was er gerade las, war er ein blutrünstiger, kaltblütiger Mörder und Schwarzmagier. Die Fahndung war absurd, bis auf ein winziges Detail. Jonas kannte den Mann, den er ermordet haben sollte. Es war der Werwolf, der ihn angefallen hatte. Von einem Werwolf oder Lycanthropen war allerdings nicht die Rede. In der Anklage hieß es nur, dass der Elb Gildofal in einen Anflug schwarzmagischen Wahns einen armen, alten Mann erschlagen haben sollte. Und bei diesem Mann handelte es sich um niemand geringeren, als um den ehrenwerten, geheimen königlichen Staatsminister Geheimrat Victor zu Lebelfallas.
Jonas erschauerte. Victor zu Lebelfallas war niemand Unbekanntes. Gerade unter den Elben galt er als Hoffnung für eine bessere Zeit. Er war einer der wenigen, die dem wachsenden

Einfluss des Klerus entgegentraten. Er war eine Stimme der Vernunft, die nun für immer verstummt war. Jonas wunderte sich, warum Lebelfallas nicht erzählt hatte, wer er war. Vermutlich hatte er seine Gründe.
Natürlich konnte die klerikale Propaganda der Versuchung nicht widerstehen, Kapital aus seinem Tod zu schlagen. Die Anklageschrift unterstellte Jonas, dass er als Schwarzmagier eine Gruppe terroristischer Elben anführte, die das Ziel verfolgten, den königlichen Reichsfrieden zu stören und die Reichsordnung zu untergraben. Lebelfallas wäre das erste Opfer dieser Gruppe gewesen. Alles deutete auf eine gefährliche Radikalisierung der Elben hin. In gewissem Sinn, so der Steckbrief, trage Lebelfallas mit seiner liberalen Haltung selbst Schuld an seinem Tod. Sein Traum von Verständnis und Nachsicht war damit ebenso gescheitert, wie sein abenteuerliches Konzept einer multikulturellen Gesellschaft.
»Du bist also ein Killer, Elbenschwuchtel?«, grunzte der Ork.
»Glaubst du das?«
Uskav schnaubte verächtlich: »Früher hätte ich ›Ist mir doch scheiß egal‹ gesagt, dich anschließend kaltgemacht und die Belohnung kassiert. Aber heute... Sag du es mir: Bist du ein Killer?«
Und Jonas erzählte seine Geschichte. Er wusste zwar nicht, warum, aber er erzählte insbesondere auch davon, wie er von seinen orkschen Mitschülern gemobbt worden war. Er erzählte alles, bis auf das winzige Detail, dass er nun ein Lycanthrop war.
»Pah! Schlappschwänze!«, meinte Uskav und zuckte mit seinen riesigen Schultern, »Aber immerhin haben sie noch einen Rest Instinkt!«
»Wer?«
»Deine Orks, deine Mitschüler. Wir können nicht anders, als euch Elben zu schikanieren. Wir sind so gezüchtet. Wenn wir einen Elben riechen, werden wir aggressiv. Wir müssen euch provozieren, schlagen, erschlagen und fressen. Es steckt in unseren Genen. Außerdem, Elbenfleisch schmeckt köstlich. Glaub mir, ich weiß, wovon ich rede.«
Jonas musste schlucken. Er verstand ganz genau, was Uskav meinte.

»Wieso Jonas?«, fragte Uskav unvermittelt und unverständlich.
»Wie?«
»Warum nennst du dich Jonas? Das ist kein zuckersüßer, schwuler Elbenname«, erläuterte Uskav ein wenig mehr.
»Ich ...«, Jonas stammelte, »Es ist ... Du weißt nicht, wie es als Elb in einer Schule des Königs ist. Nicht nur die Orks schikanieren einen. Alle machen sich über Elben lustig. Elben sind Schwuchteln. Elben sind aristokratisch und arrogant. Siehst du das? Goldblondes Haar, lange elegante Finger, spitze Ohren, makellose Haut. Ich träumte davon, wie die anderen Schüler zu sein. Ich habe sogar versucht, meine Haare dunkel zu färben. Aber dieses Elbenhaar nimmt keine Farbe an.«
»Du verleugnest deine Art? Du schämst dich, ein Elb zu sein?«, Uskav grinste breit, »Mann, du demütigst dich ja weit mehr und besser, als jeder Ork das könnte.«
Und dann packte ihn Uskav an seinen Armen. Für einen kurzen Moment bekam Jonas Panik, dass dieser riesige Ork überraschend Appetit auf Elbenschädel bekommen haben könnte, doch dem war nicht so. Uskav wurde für einen Uruk erstaunlich ernst: »Verleugne niemals deine Herkunft! Verleugne nie, wer du bist! Du bist der Elb Gildofal! Vergiss das nie! Du bist Gildofal!«
Was für eine absurde Situation! Da musste sich Jonas von einem Ork erklären lassen, was es hieß, auf seine eigene Identität stolz zu sein. Aber Uskav hatte recht. Er war Gildofal und nicht Jonas. Er sah aus wie Gildofal, er dachte wie Gildofal. Nichts würde jemals etwas an der Tatsache ändern, dass er ein Elb war. Warum sich also verleugnen?
»Apropos Selbstverleugnung, ich habe dir noch nicht alles von mir erzählt«, Gildofal wunderte sich über sich selbst. Dass er jemals einem Ork, sogar einem Uruk vertraute, war unglaublich, »Du hast den Artikel über mich gelesen. Ich habe Lebelfallas nicht getötet, aber ich war der Letzte, der ihn lebend sah. Er hat mich verändert.«
»Und?«, Uskav runzelte seine Orkstirn.
»Er war ein Lycanthrop«, erklärte Gildofal.
Uskav dachte einen Moment nach. Schließlich erhellte sich seine Miene, und der Uruk tat etwas sehr Unerwartetes. Der Uruk, der

Inbegriff eines Orkkriegers, hockte sich vor Gildofal hin und verneigte sich (ein ganz klein wenig) vor ihm. Gildofal sah ihn verwirrt an.

»Du bist ein Wolfsritter! Unser Zusammentreffen kann kein Zufall gewesen sein. Es war Schicksal, dass wir uns trafen. Du bist die Rettung, auf die wir Orks gewartet haben. Ich habe dich gefunden! Die Prophezeiung beginnt sich zu erfüllen.«

Wolfsritter

»Wenn du glaubst, ich kaufe mir Hundeshampoo für mein Fell, dann träum weiter!«

GILDOFAL zu USKAV, als dieser bemerkte, dass sein nasses Fell wie das eines Straßenköters stank

»Wolfsritter?«, Gildofal schaute Uskav unwissend an.
»Du weißt nichts von den Wolfsrittern?« Jetzt sah Uskav überrascht und argwöhnisch aus.
»Nein. Was ist ein Wolfsritter?« Gildofal war nervös und wurde noch nervöser, als ihn Uskav brutal packte. Wie aus dem Nichts hatte der Uruk einen Krummsäbel in seiner rechten Hand, dessen anderes Ende an Gildofals Kehle lag.
»Du beweist mir sofort, dass du ein Lycanthrop bist oder du wirst diesen Raum nicht lebend verlassen!«
Uskav sah nicht so aus, als wenn er scherzte. Es sah aber auch nicht so aus, als wenn er seine momentane Brutalität aus purer orkscher Lust am Foltern und Quälen betrieb. Es tat nicht mal wirklich weh. Gildofal konnte sich nur nicht bewegen. Was blieb ihm anderes übrig? Zwei Sekunden später hielt Uskav keinen Elb, sondern eine riesigen Werwolf in seiner Pranke. Seine Reaktion kam sofort. Uskav ließ Gildofal los und schaute zufrieden drein.
»Entschuldige, Gildofal, aber ich musste mir absolut sicher sein, dass du ein Wolfsritter bist.«
Wo war die typische Orkkurzsprache geblieben? Uskavs Stimme klang höflich und ernsthaft.
»Verdammt, was sind Wolfsritter?«, fluchte der Elb nun in Wolfsgestalt.
»Du weißt es wirklich nicht?«, fragte Uskav nervös.
»Nein, ich weiß nur, dass ich irgendeine obskure Aufgabe zu erfüllen habe.«
Darauf erzählte Gildofal alles, was er von seinem Zusammentreffen mit dem Werwolf wusste. Auch erzählte er von seinem Traum, als ihm der alte Lycanthrop enthüllte, dass er von nun dessen Aufgabe übernehmen musste. Plötzlich fielen ihm die

Worte des Wolfs wieder ein: »Ich kann dir nicht mehr sagen, außer, dass du nicht alleine bist. Wer weiß, was kommen wird. Manchmal taucht Hilfe an Orten und von Wesen auf, von denen du es am wenigsten erwarten würdest.«
Konnte es sein, dass Victor zu Lebelfallas genau dieses Zusammentreffen vorausgesagt hatte? Ein abtrünniger Uruk in den Eingeweiden eines Regenwasserpumpwerks passte schon ziemlich gut in die Kategorie »unerwartet«.
Uskav wurde hektisch: »Wir müssen hier weg. Dieser Ort ist nicht mehr sicher. Komm!«
Der Ork sammelte seine Sachen zusammen und stopfte sie in seinen Rucksack.
»Du musst schnell laufen können. Ich werde deinen Rucksack tragen.«
Mit diesen Worten nahm Uskav auch Gildofals Gepäck. Anschließend untersuchte er Gildofals Kopfwunde und meinte: »Ich hatte gehofft, wir könnten noch ein wenig abwarten, aber es muss auch so gehen. Komm, folge mir so schnell du kannst. Wir haben einen weiten Weg vor uns.«
Uskav rannte los und Gildofal sprang hinterher.
»Wovor fliehen wir?«
»Vor den Agenten der Päpstin! Wir beide, du und ich, sind im Moment vermutlich die größte Bedrohung, die sie je erlebt hat! Du hast gesagt, dass dich der Scanstrahl kurz berührt hat, als du in das Regenwasserbecken gefallen bist?«
»Ja!«
»Du Narr! Diese Scanner erkennen alles. Sie werden mit schwarzer Magie betrieben. Es sind dunkle Kristalle aus Morgorthond in ihrem Inneren. Sie weiß jetzt, dass du ein Wolfsritter bist!«

Die ungleichen Partner liefen. Uskav voraus und Gildofal folgte unmittelbar hinterher. Ein Werwolf konnte sehr schnell laufen. Uruks waren schneller. Uskav legte ein mörderisches Tempo vor. Immer wenn Gildofal nicht nachkam, blieb er stehen und wartete, bis der Elb in Wolfsgestalt zu ihm aufgeschlossen hatte.

Dann gönnte er ihm eine kurze Pause, bis es schließlich weiterging. Die ganze Flucht verlief unter Tage. Vom Pumpwerk führte ein unterirdischer Tunnel kilometerlang durch das Land. Der Hauptzweck des Tunnels war es, eine Druckleitung für das Regenwasser aufzunehmen. Es war das gleiche Rohr, an dem die Pumpe, die Gildofal fast verschluckt hätte, angeschlossen war. Der Tunnel war düster, bis auf wenige Schildkrötenlampen gab es kein Licht. Alle paar hundert Meter passierten sie einen Luftschacht mit einer Fluchttreppe. Zwei Mal kamen sie an Weggabelungen vorbei, an denen sich ein weiterer Tunnel mit dem ihren vereinigte und in einen neuen, etwas breiteren Tunnel überging. Auch das Wasserrohr wurde entsprechend größer. Kurz vor einer weiteren Fluchttreppe, sie mussten inzwischen mehr als 25 Meilen vom Pumpwerk entfernt sein, stoppte Uskav und bedeutete Gildofal keinen Laut von sich zu geben. Leise und heimlich legte der Ork seinen Rucksack ab und entnahm ihm ein kleines Gerät. Mit diesem Gerät kletterte er lautlos die Fluchttreppe hoch, öffnete aber nicht das Ausstiegsgitter.
Nach mehreren Minuten kam der Uruk zurück, verstaute das Gerät wieder, nahm seinen Rucksack, schnappte sich Gildofal und klemmte ihn unter seinen Arm. Dann rannte er los. Dieser Ork war zu erstaunlichen Geschwindigkeiten fähig. Dabei machte er überraschend wenig Lärm. Sie folgten dem Tunnel, bis sie nach drei weiteren Verzweigungen in einer großen Halle ankamen. Hier mündeten noch viele andere Tunnel mit ihren Rohren. Die Halle war ein einziges Knäuel aus Rohren, Pumpen, Schiebern, Kabeln, Schaltschränken und noch mehr Rohren. Uskav sah sich vorsichtig um, er schnupperte in der Luft und tastete sich vorsichtig vor. Die Halle war sehr düster. Die kleinen Funzeln vermochten nicht mal ansatzweise, die Dunkelheit zu vertreiben. Aber dies schien offensichtlich ein Vorteil zu sein. Der Uruk schlich zielsicher auf einen Schaltschrank am anderen Ende der Halle zu. Erst als sie direkt vor dem Schrank standen, konnte Gildofal erkennen, dass er nicht direkt an der Wand stand. Dahinter war es stockfinster. Uskav trat in die Dunkelheit, die selbst Gildofals Wolfsaugen nicht durchdringen konnten. Es gab ein dumpfes Geraschel, wie von weichem Stoff, der bewegt wurde. Im Dunkeln bewegte sich etwas, ein leises metallisches

Geräusch erklang, und plötzlich wurde es hell. Das heißt – es war nicht mehr völlig dunkel.
Was Gildofal sehen konnte, war ein kleiner Raum, dem Schaltraum der Pumpstation nicht unähnlich. Ein rostiges Stahlschott verschloss den einzigen Eingang. Der Raum war vollgestopft mit tickenden und surrenden Schaltschränken. Kontrolllichter leuchteten auf und gingen wieder aus. Es war eine etwas unwirkliche Atmosphäre. Aber Uskav kannte sich hier offenbar sehr gut aus. Er ging auf einen Schaltkasten zu, öffnete ihn und hantierte in seinem Inneren herum. Es gab ein kurzes Klacken, und zwei Lämpchen gingen an.
»So, im Moment sind wir sicher. Sollte jemand in die Schächte kommen, werden wir davon erfahren.«
»Wo sind wir?«, fragte Gildofal.
»Im alten unterirdischen Aquäduktnetz der nördlichen Gebirgsprovinz. Es gehört zum Wasserversorgungsnetz der Stadt. Wenige Leute kommen hier runter. Die wenigsten Menschen wissen noch, dass es dieses Netz gibt, obwohl es arbeitet und gewartet wird.«
»Wer bist du?«
»Uskav, ein Uruk. Sagte ich das nicht?«
»Kein Ork, den ich kenne, spricht so wie du. Du hast Kultur und kannst dich ausdrücken. Du kennst dich in Medizin aus. Wer bist du?«
»Ich bin Uskav, ein Uruk. Ich war Soldat im Dienste des Königs. Ich war sein General. Ich habe einen Eid auf Ihn geschworen. Ich war Sein loyaler Diener und kämpfte in Seinem Namen«, verkündete Uskav stolz, doch dann verfinsterte sich seine Miene, »Ich tötete, metzelte, massakrierte im Auftrag des Königs. Ich habe an Ihn geglaubt, gedacht, wir tun etwas Wichtiges, Edles und Gutes, verteidigen den Frieden und die Freiheit. Aber alles war nur Lüge und Betrug.«
»Was ist passiert?«
Uskav starrte Gildofal an. »Ich habe Pläne gesehen! Ich habe Kommandobefehle gelesen! Schlachtpläne von Armeen. Armeen des Königs, Armeen der Feinde des Königreiches. Heimlich regiert *sie* beide Seiten! Verstehst du, was ich sage? Sie lässt mich und meine Brüder gegeneinander kämpfen. Wie metzeln uns

gegenseitig nieder, damit *sie* die Macht über die Reiche behält. Sie hat uns gezüchtet, um zu hassen und zu töten! Aber ich will nicht mehr! Verstehst du? Es ist nicht mein Krieg. Es ist nicht mal der Krieg des Königs, obwohl er ihn für den seinen hält. Ich will nicht mehr Menschen, Elben, Orks, Uruks und Trolle abschlachten, die von der gleichen Seite beauftragt wurden, mich abzuschlachten.«

Bei »ihr« konnte es sich nur um eine Person handeln: Paula-Sylvestra II, Päpstin der unifizierten Technokratie. Nun war es nicht so, dass Gildofal nicht selbst einschlägige Erfahrungen mit dem Klerus gemacht hatte. Schließlich war es sein Lehrer, Vater Johannes, der mittelbar für seine momentane Situation verantwortlich war. Gildofal war sich nicht sicher, was er machen sollte. Er stand vor einem Dilemma. Ein Ork, ein Uruk, den plötzlich ein Drang zur Freiheit packte, war so wahrscheinlich, wie in der königlichen Lotterie 9 aus 111 den Hauptpreis zu gewinnen. Vermutlich war der Lottogewinn sogar wahrscheinlicher.

»Du misstraust mir, und ich kann es dir nicht einmal übel nehmen.« Uskav zuckte linkisch mit seinen Schultern, ein leichtes Grinsen war auf seinen Lippen. »Ich bin ein Ork, sogar ein Uruk, eine echte Mordmaschine.«

Dann wurde er wieder ernst und schaute in die Ferne. »Ich habe einen Blick in die Zuchtdatenbank geworfen. Dass wir Elben- und Menschenfleisch lieben, wurde in uns hineingezüchtet. Oh, *sie* weiß, wie man so etwas macht. Sie kennt sich sehr gut mit Magie aus! Wir sind ihre magisch programmierten Mordmaschinen. Orks! Schon vor Tausenden Jahren wurden wir für diesen Zweck erschaffen, nur, um zu töten. Hast du dich mal gefragt, warum wir Orks Genitalien besitzen? Eigentlich doch völlig überflüssig, da es nur männliche Orks gibt?! Zur Fortpflanzung können die wohl kaum dienen. Ich weiß es jetzt. Ich habe es gelesen.«

Gildofal sah Uskav ängstlich an.

»Zum Vergewaltigen!«, fuhr Uskav fort und bestätigte Gildofals schlimmste Ahnung, »Man hat uns diesen Trieb eingepflanzt, uns an den Frauen unserer Opfer zu vergehen, solange wir sie nicht ebenfalls abschlachten sollen. Und eine Frau, egal ob Elb,

Hobbit oder Mensch, die von einem Ork vergewaltigt wurde, wird immer schwanger, immer! Ich vermute, du weißt, was dabei herauskommt.«
Gildofal wusste es. Er hatte Bücher gelesen und Beiträge im Bildungsnetz gesehen. Natürlich waren es immer nur die Orks der Feinde, die diese Abscheulichkeiten begingen. Es verging kein Monat, in dem nicht ein Horrorbeitrag über mordende und brandschatzende feindliche Orks gezeigt wurde. Das Fazit war immer das gleiche: Der Feind war erbarmungslos und schreckte selbst vor dem Einsatz dieser bösartigen Kreaturen nicht zurück. Und Orks konnten bösartig sein. Frauen, die von Orks vergewaltigt wurden, brachten tatsächlich immer etwas zur Welt, es sei denn, sie zogen es vor, sich vorher zu entleiben.
Die eigentliche Absurdität an der Sache war, dass natürlich nur die Orks der feindlichen Reiche derartige Bestien waren. Jedenfalls, wenn man der offiziellen Propaganda glauben wollte. Die Orks des Königs waren, so Seine Majestät, natürlich etwas ganz anderes. Sie waren ehrenwerte Kämpfer in seinem Namen, was man allein schon daran sehen könne, dass die jugendlichen Orks die gleichen Schulen besuchten, wie alle anderen Bürger des Reiches auch. Dass die Orks mit einem Hass auf alle feindlichen Lebewesen gezüchtet werden mussten, sei leider ein trauriges aber notwendiges Übel. Schließlich schreckte der Feind auch nicht davor zurück, erbarmungslose Orks einzusetzen, die natürlich nicht so kultiviert und gebildet waren, wie die Orks des Königs. In Wirklichkeit waren die Orks des Reiches nicht weniger brutal, als alle anderen Orks.
Uskav fuhr fort: »Manchmal vergewaltigen wir auch die Männer, bevor wir sie töten. Und das alles nur, um Angst und Terror zu verbreiten. Psychologische Kriegsführung. Ja, die Päpstin ist teuflisch genial. Allein die Drohung, dass eine Orkarmee im Anmarsch ist, soll den Gegner demoralisieren.«
»Warum bringst du mich nicht um?« Gildofal fragte, bevor er nachdenken konnte.
Uskav sah Gildofal gequält an: »Oh, du hast keine Ahnung, wie sehr sich mein Körper danach sehnt, dich abzuschlachten. Ich kann riechen, wie süß und zart dein Fleisch schmeckt. Aber ich will dich nicht fressen! Wenn ich meinem Instinkt, meiner

Züchtung, folge, bin ich ein Sklave der Päpstin. Ich will frei sein.«
Gildofal konnte nicht anders, als diesen Ork bewundern. Freiheit hieß für ihn, sich von den Fesseln seiner Programmierung zu befreien. Indem er Gildofal nicht verspeiste, befreite er sich von den Ketten seiner Versklavung.
»Uskav, ich verneige mich vor dir!«, es klang pathetisch, aber es war genau das, was Gildofal in diesem Moment empfand. Dieser Uruk hatte Respekt verdient.
»Du kleine Elbenschwu...«, für einen kurzen Moment flammte die typisch orksche Wildheit und Boshaftigkeit in Uskavs Gesicht auf, doch dann brachte er sich sofort wieder unter Kontrolle: »Danke, Gildofal. Du kannst dir nicht vorstellen, wie intensiv dieser Instinkt ist.«
»Nein, das kann ich nicht, aber ich vertraue dir.«
»Sei vorsichtig. Ich kann nicht garantieren, dass ich mich immer unter Kontrolle halten kann. Du möchtest doch nicht, dass dir eines Tages ein Körperteil fehlt?«, meinte Uskav mit einem breiten Grinsen auf den Lippen. Dieser Ork hatte Humor.
»Was ist mit den Wolfsrittern? Warum bist du auf der Flucht? Warum stellen wir beide eine Gefahr für die Päpstin dar?«
Uskav hockte sich vor Gildofal auf den Boden.
»Gut, ich erkläre es dir! Wir haben etwas Zeit. Aber wir müssen auch diesen Unterschlupf bald verlassen. Für uns ist es nirgendwo mehr sicher«, begann der Uruk, wobei er sich reckte und streckte und seine Muskeln und Gelenke knacken ließ.
»Ich war ein General des Königs. Ich befehligte mehrere seiner Orkarmeen im Süden. Bei einem unserer Aufträge eroberten wir eine Festung des Feindes. Nun ja, meine Krieger haben sich ausgetobt. Kein Feind blieb am Leben. Keiner, bis auf einen. Er hielt sich in einem Geheimraum der Festung versteckt und wurde erst von einer Wache aufgegriffen, als er fliehen wollte. Etwas an diesem Typen war allerdings anders. Normalerweise hätten meine Orks kurzen Prozess mit ihm gemacht, doch konnten sie es nicht. Sie waren nicht in der Lage, ihn zu töten oder sonst Hand an ihn zu legen. Ganz im Gegenteil hörten sie auf seine Befehle und brachten sogar ihre Vorgesetzten dazu, dass dieser geheimnisvolle Mann zu mir vorgelassen wurde. «

Uskav holte einen Wasserbeutel aus seinem Rucksack und hielt ihn Gildofal hin. Der Elb trank einen Schluck, sagte »Danke« und reichte den Schlauch Uskav zurück, der selbst einen Schluck nahm, bevor er fortfuhr.

»Dieser Mann war ein Kleriker. Als er mir gegenübertrat, war etwas Zwingendes an seiner Art. Er hatte Macht über mich. Wenn er mir gesagt hätte, ich sollte mich töten, ich hätte es ohne Zögern getan. Bruder Paulus, so nannte es sich, befahl mir, ihm in die Festung zu folgen. Ich hatte bis dahin mein Kommandolager vor der Festung noch nicht verlassen. Ich folgte. Er führte uns in seinen Geheimraum und erklärte mir, dass er eine neue Aufgabe für mich hätte. Dazu müsste ich aber meine Armee bis auf hundert Mann opfern. Er würde mir ein effektives Gift geben, mit dem ich mich meiner Männer ganz leicht entledigen könnte. Meine Armee bestand aus 20.000 Orks! Bruder Paulus befahl mir, 19.900 Orks, meine eigenen Männer, zu töten. Ich kochte vor Wut, aber Paulus lachte und meinte: »Oh, du dummer Uruk! Spar dir deine Wut für deinen Auftrag. Du wirst dich deiner Orks entledigen, ob du willst oder nicht. Versuch gar nicht erst, zu begreifen, was wir planen. Du wirst es eh nicht verstehen. Soviel Verstand haben wir dir nicht gegeben.« Ich hätte ihm am liebsten den Kopf mit meinen Händen langsam zerquetscht und ihm dabei in seine Augen geschaut, aber ich konnte es nicht. Wie gesagt, Bruder Paulus hatte Macht über mich. Ich konnte ihm kein Haar krümmen. Allein der Gedanke daran bereitete mir qualvolle Schmerzen. Doch dann half der Zufall. Während Bruder Paulus durch die Festung lief, explodierte eine Sprengfalle, die der Feind zurückgelassen hatte. Der Kleriker wurde an der Brust getroffen. Ein Splitter traf einen Talisman, den er unter seiner Sutane um den Hals trug. Der Talisman zerbrach, und plötzlich war seine Macht verschwunden. Er wusste es sofort. Ich sehe ihn noch vor mir, wie er nach seinem Anhänger griff und kalkweiß wurde, als er merkte, dass der Anhänger nicht mehr da war.«

»Und? Was hast du gemacht? Ihn umgebracht?«, fragte Gildofal und wusste dabei nicht, ob er die Wahrheit wirklich erfahren wollte.

»Sagen wir, ich habe mich mit ihm eine Weile unterhalten«,

meinte Uskav vage, wobei seine Augen diabolisch aufflackerten, »Diese Unterhaltung dürfte für mich wesentlich angenehmer gewesen sein als für ihn. Eigentlich hätte er sehr stolz auf mich sein müssen. Schließlich habe ich perfekt funktioniert, so, wie mich seine Brüder gezüchtet haben. Ich habe sämtliche Information aus ihm herausgeholt, die er besaß. Ich kann Lügen genauso gut erkennen, wie, wenn jemand nicht alles erzählt und Informationen zurückhält. Es ist etwas Magie, die sie in uns Uruks eingepflanzt haben. Oh, ich bin in sehr, sehr vielen Techniken unterrichtet worden, wie man jemanden zum Reden bringt. Ich trage nicht umsonst den Titel eines Meisters des Mordes.«

Uskav machte eine Pause. Als er eine Sekunde später fortfuhr, war seine Stimme leiser und nachdenklicher: »Meister des Mordes. – Ein Titel, den ich früher mit Stolz getragen habe und für den ich mich jetzt schäme. Jedenfalls erfuhr ich von Bruder Paulus eine Menge über uns Orks, über die fortwährenden Kriege zwischen den Königreichen und die Pläne der Päpstin. Bruder Paulus hatte höchst geheime Dokumente bei sich. Entwürfe von vergangenen und zukünftigen Schlachten, Zuchtdatenbanken über Orks, Uruks und Trolle. Die Unterlagen zeigen und beweisen, wie in Wirklichkeit die Päpstin die Welt regiert. Sie treibt die Reiche dazu, sich gegenseitig mit Kriegen zu überziehen. Als ich das alles las, brach eine Welt in mir zusammen. Ich dachte, die Schlachten, die wir für unseren König führten, wären eine Notwendigkeit. Wenn ich meine Männer in den Tod schickte und mit ihnen auf dem Schlachtfeld stand, dann täten wir es, für Frieden und Freiheit. Aber dem war und ist nicht so. Als ich die Wahrheit begriff, rastete ich aus. Es braucht zehn Orks, um mich wieder unter Kontrolle zu bringen.«

»Und was hat das mit mir und den Wolfsrittern zu tun?«

»Ah! Jetzt wird es interessant!«, Uskav strahlte auf, »Unter uns Orks gibt es eine Legende, eine Art Mythos oder Verheißung, die uns Kraft und Stärke gibt. Es heißt, es gäbe einen geheimen Bund von Menschen, Elben, Zwergen, Hobbits und sogar Orks. Dieser Bund soll sich die Bruderschaft der Wolfsritter nennen. Ihr Ziel soll sein, uns allen die Freiheit zu bringen. Heimlich und unauffällig sollen sie daran arbeiten, für alle Wesen eine bessere und friedlichere Welt zu erschaffen. Die Wolfsritter würden kommen und uns Orks von den Fesseln unserer Züchtung befreien. Wie alle Orks hielt ich es für ein lächerliches Märchen, eine Geschichte, an die kein Ork, insbesondere kein Uruk, zugeben würde zu glauben. Doch jeder Orks denkt in verzweifelten Stunden an die Wolfsritter. Ja, auch Orks können verzweifeln.«

»Wie gesagt, ich hielt es für ein Märchen, bis ich auf Bruder Paulus stieß. Wie es aussieht, existieren die Wolfsritter tatsächlich. In den Geheimunterlagen der Kirche fand ich umfangreiche Dossiers. Demnach sind alle Wolfsritter Lycanthropen... So wie du!«

War das Gildofals Aufgabe? Den Kampf, für eine bessere Welt zu führen? Und zwar den ganz konkreten Kampf, also nicht einfach nur ein paar schlaue Reden halten? War das seine Aufgabe?

»Verstehst du nun, warum wir in Gefahr sind?«, fragte Uskav rhetorisch, um seine Frage dann selbst zu beantworten, »Du bist ein Wolfsritter. Ob du nun deine Aufgabe kennst oder nicht. Es besteht kein Zweifel. Was meinst du, warum man dich so verbissen sucht? Glaubst du wirklich, man jagt dich, wegen der Sache in deiner Schule? Träum weiter, mein Junge! Den Unterlagen nach verdächtigte der Geheimdienst des Königs Victor von Lebelfallas bereits ein Wolfsritter zu sein. Ich habe von einem Plan erfahren, ihn in ihre Gewalt zu bringen. Deine Verfolger haben schneller als du begriffen, was passiert war. Lebelfallas hat sein Erbe an dich weitergegeben.«

Flucht

Unsere selektiven Perimetersicherungssysteme stellen das effektivste Überwachungswerkzeug dar, zu dem modernste Technik fähig ist. Wählen Sie zwischen vielfältigsten Optionen, von diskreten, unsichtbaren Meldelinien bis hin zu Grenzsystemen mit abschreckender, panzerbrechender Überwindungsabwehr.

Kontaktieren Sie noch heute einen unserer Systemspezialisten. Nur eine unüberwindliche Grenze ist eine wirklich Grenze!

Aus dem Werbeprospekt der Secur-O-Fence Ltd.

»Und wohin sollten wir deiner Meinung nach fliehen?«, fragte Gildofal.
»Ich kenne nur einen Ort, wo du sicher bist – Daelbar!«, antwortete Uskav. Eine kalte Entschlossenheit schimmerte in den Augen des Orks.
Gildofal sah den Uruk fragend an. Etwas in seiner letzten Bemerkung beunruhigte ihn.
»Daelbar?«, fragte Gildofal schließlich, »Die Heimstadt der Drachen?«
»Ja, Daelbar, der Albtraum der Päpstin.« Uskav wirkte entschlossen, »Wir Orks sind dort nicht sehr beliebt. Ich werde dich zu dieser Stadt bringen, selbst wenn es mein Leben kosten sollte. Gildofal, dieser Uruk, Uskav, der Meister des Mordes, wird dich von nun an schützen. Ich werde alles dafür tun, dass du unbehelligt deine Aufgabe erfüllen kannst.«
»Das kann ich nicht annehmen! Du hast dich gerade deiner Ketten entledigt, dich befreit!«
»Doch, du kannst es annehmen. Wenn ich sage, dass ich dein Schutz sein werde, dass ich dein Krieger sein werde, der dich schützt und dein Leben notfalls mit seinem eigenen verteidigt, dann ist dies mein eigener, freier Wille. Es ist für mich ein Akt der Freiheit, dies zu tun!«
Damit war Uskav mit dem Thema durch. Es gab für ihn nichts mehr zu erörtern. Gildofal hatte von nun an, ob er es wollte oder nicht, einen Uruk als persönlichen Bodyguard. Der Elb zweifelte

keine Sekunde daran, dass es dieser Ork bitter ernst meinte. Uskav würde keine Sekunde zögern, sich in die Flugbahn eines für Gildofal bestimmten tödlichen Pfeils zu werfen.
»Wir müssen aufbrechen!«
Uskav packte seine Sachen zusammen, schnallte sich seinen und Gildofals Rucksack um und ging dann zu einem der tickenden Schaltkästen. Der Ork betätigte einige Knöpfe, prüfte ein paar Anzeigen und meinte schließlich: »Bisher ist noch niemand in das Tunnelsystem eingedrungen. Jedenfalls nicht im Umkreis von 50 Meilen. Mit etwas Glück schaffen wir es bis an die Grenze. Es gibt einen Tunnel, der bis zum Fuß des Gebirges führt. Er endet am Raumaranos Stausee.«
Der Stausee von Raumaranos war eines der letzten großen Werke, die im Königreich mit der Hilfe der Zwerge vom Berg erstellt worden waren. Die aktuelle Geschichtsschreibung versuchte natürlich, den Beitrag der Zwerge zu marginalisieren, als hätten hier und dar ein paar ulkige Zipfelmützenträger am Fels geklopft. In Wirklichkeit waren es nicht nur Tausende Zwerge, die in mühsamer Handarbeit die Schwerstarbeit verrichtet hatten, auch sämtliche statischen und hydrologischen Berechnungen und Konstruktionen waren von den Baumeistern des Zwergenreichs erbracht worden. Damals, zur Zeit des Ururgroßvaters des Königs, bestand noch ein reger Austausch zwischen Zwergen und Menschen. Doch auch diese beiden Rassen hatten sich einander entfremdet. Zuerst säte der Klerus Neid. Man sagte, die Zwerge wären reich, unverschämt reich und hätten diesen Reichtum auf zweifelhafte Weise erworben. Dann schürte man Misstrauen. Zwerge seien nicht vertrauenswürdig, sie würden einen übers Ohr hauen, bei jeder Gelegenheit würden die Zwerge einen betrügen, wie hätten sie sonst so reich werden können, wie sie waren. Handel, Tourismus und selbst der Wissenschaftsaustausch schliefen ein. Mit der Zeit begannen sich Zwerge und Menschen voreinander aus Unwissenheit zu fürchten. Aus dieser Furcht entwickelte sich schließlich Menschen- beziehungsweise Zwergenfeindlichkeit, wobei keine Seite merkte, dass sie gezielt einander entfremdet wurden.
Aber der Damm war unbestreitbar ein Meisterwerk. Er versorgte nicht nur die gesamte Region mit Elektrizität, sondern auch die

Landwirtschaft und Menschen der Städte mit Wasser. Elektrizität war eine relativ neue Errungenschaft. Wer nutzte schon elektrisches Licht, wenn doch magische Lampen mit Elbenkristallen viel schöneres und angenehmeres Licht gaben? Doch die magische Elbenkunst wurde immer argwöhnischer betrachtet. Als dann vor ein paar Jahren Gerüchte aufkamen, dass Elbenlichter Krankheiten verursachen konnten, brach plötzlich die Zeit der Glühbirne an, während ganze Elbenstämme, die sich auf die Fertigung kunstvoller Lampen spezialisiert hatten, in tiefste Armut stürzten.

Nachdem Uskav das Zeichen zum Aufbruch gegeben hatte, verwandelte sich Gildofal wieder in einen Werwolf und war erneut erstaunt, wie viel schneller er auf vier Pfoten war als auf zwei Beinen. Der nächste Teil der Strecke führte durch einen sehr breiten Stollen, durch den selbst ein großer Pferdekarren hindurchgepasst hätte, wäre der größte Raum nicht durch vier urukhohe Rohre ausgefüllt gewesen. Diese Rohre führten auf direktem Weg in Richtung Stausee. Für Uskav und Gildofal blieb nur ein schmaler Wartungspfad.

Gildofal fiel auf, dass Uruks offensichtlich gleichzeitig schnell und extrem leise sein konnten. Bisher hatte er Orks für laute, aggressive und wenig intelligente Bestien gehalten, doch je mehr er diesen speziellen Uruk kennenlernte, desto überraschter war er von dessen außergewöhnlichem Verstand. Ihm wurde übel bei dem Gedanken, dass man dieses Potenzial nur zum Morden und Zerstören erschaffen hatte. Welch Möglichkeiten boten Uruks, wie Uskav, wären sie frei und könnten sich weniger destruktiven Dingen zuwenden.

Stunden verstrichen, in denen das ungleiche Duo gut 50 Meilen zurücklegte. Während der ganzen Zeit verhielten sie sich still. Im Tunnel konnte man nur ein leises Rauschen des Wassers in den Rohren und gelegentlich das Pfeifen von Luft hören. Der Tunnel stieg an, und ein Kamineffekt sorgte für einen ständigen Luftzug. Unvermittelt stoppte Uskav. Der Ork sah sich unsicher um. Schnüffelte in der Luft, hielt seinen Kopf schräg und lauschte. Für drei oder vier Minuten verharrte er in dieser Stellung. Nur seine von Falten zerfurchte Stirn ließ erahnen, dass sich Uskav intensiv konzentrierte. Ohne den geringsten Laut von sich zu geben, formte Uskav mit seinen Händen Buchstaben, die Gildofal las und zu Worten verband: »Soldaten. 50 Orks, 25 Menschen, ein Kardinal im Rang eines Generals. Areal extrem unsicher. Du wirst bereits erwartet.«

Der Weg nach oben war verbaut. Sobald Gildofal oder Uskav es wagten ihre Köpfe aus dem Tunnel zu strecken, wären sie auch schon verhaftet worden. Immerhin wusste man nichts von Uskav, was sich als taktischer Vorteil herausstellte. Der Ork kannte dieses Tunnelnetz besser, als Gildofal den Inhalt seines Rucksacks. Uskav bedeutete Gildofal keinen Laut von sich zu geben, ging dann absolut geräuschlos auf den Werwolf zu und hob ihn mit seinen Pranken hoch. Mit Gildofal in den Armen huschte der Ork wie ein Geist voran. Dabei drückte er sich dicht an ein Rohr, das die stärksten Strömungsgeräusche von sich gab.

Langsam, jeden Schritt überlegend, kamen die beiden voran. In der Nähe einer schummerig-blassen Schildkrötenlampe gab es einen vergitterten Luftschacht. Licht fiel herab und zeichnete einen hellen Fleck auf den Tunnelboden. Uskav näherte sich der Stelle, doch statt einfach weiterzugehen, kroch er mit Gildofal unter eines der Wasserrohre. Hinter dem Rohr befand sich die Tunnelwand, doch blieb zwischen Wand und Rohr ein klein wenig Raum. Nicht genug, um schnell dort entlanglaufen zu können, aber ausreichend um langsam seitwärts zu schleichen. Niemand, der von oben in den Schacht hineinschaute, würde dabei etwas entdecken können.

Uskav und Gildofal hatten gerade die Höhe des Lichtschachts erreicht, als ein grüner Scanstrahl aufflammte. Nur die Rohre trennten sie jetzt noch von einer Entdeckung.

Die beiden Flüchtlinge schlichen weiter. Uskav blieb hinter den Rohren. Gildofal vermutete, dass der Uruk seine Gründe dafür hatte, doch wunderte er sich trotzdem, denn so kamen die beiden nur sehr langsam voran. Nach mehr als 300 Metern wurde Gildofal der Grund klar. Völlig unerwartet verschwand die Tunnelwand. Ein kleiner, bestenfalls 150 mal 150 Zentimeter breiter Schacht führte zur Seite weg. In ihm war es stockdunkel. Uskav setzte Gildofal ab, machte ihm allerdings mit Handzeichen klar, zu folgen und begann selbst in den Schacht zu kriechen. Der Elb in Wolfsgestalt folgte.

Das eh sehr spärliche Licht des Haupttunnels verschwand hinter den beiden. Gildofal folgte dem Uruk durch totale Dunkelheit. Es war so dunkel, dass eine Orientierung völlig unmöglich war. Der Elb hätte nicht sagen können, ob der Schacht aufwärts, abwärts oder seitwärts ging. Er wusste nur, dass er kroch, kroch und kroch.

Nach einer Zeit, die ihm wie eine Ewigkeit vorkam, prallte Gildofal plötzlich gegen den Ork. Uskav hatte gestoppt. Ganz leise war ein metallisches Quietschen zu hören, dann wurde Gildofal gepackt, vorsichtig gezogen und schließlich abgesetzt. Es musste ein Raum sein, ein stockfinsterer Raum, denn es gab keine Wände mehr. Es quietschte wieder. Vor Gildofal raschelte es. Ein Licht flammte auf. Uskav hielt eine Lampe mit Elbenlichtkristall in seinen Händen.

»Wir befinden uns innerhalb der Staumauer, genau genommen an ihrem Fuß«, meinte Uskav und deutete mit seiner freien Hand auf eine Wand, »Dort hinten befindet sich der Stausee.«

Gildofal sah sich um. Der Raum war kein Raum, sondern selbst wieder ein Tunnel oder ein Stollen, der sich nach links und rechts erstreckte. Hinter Gildofal befand sich ein stählernes Schott, durch das sie gerade hereingekommen waren.

»Wir können nicht aus dem Tunnel heraus. Sämtliche Ausgänge sind bewacht«, meinte Uskav.

»Dann sitzen wir in der Falle!«, entgegnete Gildofal resigniert, »Sie wissen, dass ich im Tunnelsystem bin. Alles, was sie machen müssen, ist warten.«

Uskav grinste: »Nicht ganz. Wir können die Ausgänge nicht benutzen, aber wer sagt, dass wir das tun?«

»Wie sollen wir dann hier raus?«

»Wie gut kannst du die Luft anhalten?«

»Nein! Das kann ich nicht! Ich werde ertrinken«, murmelte Gildofal verzweifelt, nachdem Uskav ihm seinen Plan erklärt hatte. Der bestand kurzerhand darin, das Tunnelsystem durch den See zu verlassen. Die Zwerge hatten beim Bau des Damms geniale Schleusen eingebaut. Niemand, außer den größten

Zwergeningenieuren war in der Lage, eine Schleusenkammer in eine Staumauer zu integrieren. Ein Taucher konnte die Kammer betreten, die Kammer wurde geflutet und der Taucher befand sich direkt am Fuß der Staumauer, allerdings auf der Wasserseite. Über ihm befanden sich gut 150 Meter Wasser. Dies ging natürlich nur mit entsprechenden Druckanzügen, wollte man endlose Dekompressionszeiten vermeiden. Kein Mensch oder Elb wäre in der Lage, dies ohne entsprechende Ausrüstung zu überstehen. Doch Uskav meinte allen Ernstes, dass Gildofal und er die Schleusenkammer betreten und dann bis zum Ende des Stausees tauchen sollten. Das Ende des Sees befand sich außerhalb der Grenzen des Königreiches.

»Nein, du wirst nicht ertrinken. Du musst mir vertrauen. Allerdings wird es nicht angenehm für dich werden. Du bist ein Elb und ...«

»Und?«, Gildofal fragte sich, ob die Situation noch hoffnungsloser werden konnte.

»Es gibt ein Ritual. Es ist Schwarze Magie ...«

Die Situation konnte noch hoffnungsloser werden! Elben reagierten als Wesen des Lichtes auf Schwarze Magie nicht sonderlich gut. Ein Elb, der Schwarze Magie aktiv verwendete, war für den Rest seines Daseins gezeichnet. Er hörte quasi auf ein Elb zu sein. Das Wesen der Schwarzen Magie lag darin, sich von der spirituellen, geisterhaften Seite desjenigen zu nähren, der sie beschwor. Als teilweise magische Wesen besaßen Elben eine sehr große geisterhafte Seite. Entsprechend mächtige Beschwörungen waren somit auch für einen Elben möglich. Die Schattenseite bestand darin, dass eine dunkle Beschwörung einen Elb quasi von innen auffraß. Es war daher sicherlich kein Wunder, dass das Praktizieren Schwarzer Magie eines der größten Tabus darstellte, die die Elben besaßen. Wer dagegen verstieß, wurde zum Aussätzigen. Die Spuren, die die Beschwörung hinterließ, waren für jeden anderen Elben sofort erkennbar, denn sie verursachten Übelkeit und Kopfschmerzen. Trotzdem kam es immer wieder vor, dass ein Elb, aus welchem Grund auch immer, den Weg der Schwarzen Magie wählte. Dies waren die Moredhel, die Schwarzelben, gefürchtete Hexenmeister und Diener der dunklen Mächte.

Allerdings verlangte Uskav nicht, dass Gildofal gleich zum Schwarzelben und Hexenmeister werden sollte. Der Uruk plante, die Schwarze Magie selbst zu beschwören und diese auf Gildofal und sich anzuwenden. Auf Orks im Allgemeinen und Uruks im Speziellen hatte diese dunkle Form der Magie eine ganz andere Wirkung als auf einen Elben. Als Wesen des Bösen und der Dunkelheit war für sie die Beschwörung dunkler Mächte ein ganz natürlicher Akt. Der springende Punkt an Uskavs Plan bestand nun darin, seine dunkle Magie auf ein Lichtwesen wie Gildofal anzuwenden.

Kein Elb mochte es sonderlich, Schwarzer Magie ausgesetzt zu sein. Es war einfach widerlich. Nicht nur, dass man tagelang das Gefühl hatte, durch eine Jauchegrube getaucht zu sein, es bereitete Kopfschmerzen, Übelkeit, massive Schmerzen in allen Gelenken und Muskeln. Ein Elb, der eine volle Ladung dunkler Hexenkunst abbekommen hatte, fühlte sich hinterher wie ausgekotzt und von einer Dampfwalze überrollt. Die einzige Chance dem zu entgehen, bestand darin, die eigene Magie des Lichtes als Schutzschild zu verwenden. Nur wäre dann auch Uskavs Beschwörung überflüssig gewesen. Somit blieb Gildofal nichts anderes übrig, als die Sache ohne Gegenwehr durchzustehen. Andererseits war die Wahl zwischen den Alternativen »halb tot fühlen« und wirklich »tot sein« nicht wirklich schwierig.

»Was muss ich machen?«, war damit auch Gildofals Frage.

Uskav hob erstaunt seine Stirn. Die Entschlossenheit des Elben überraschte ihn.

»Nichts! Da vorne ist eine Schleusenkammer. Wir gehen hinein, und ich beschwöre meinen Dämon. Er wird uns die Fähigkeit geben, unter Wasser atmen zu können und keine Dekompressionszeiten zu benötigen. Es tut mir leid, aber ich vermute, dass du die Besinnung verlierst. Es ist sehr starke Magie. Ich werde uns beide durch den Stausee bringen. Das andere Ufer liegt außerhalb des Königreiches.«

Gildofal antwortete nicht, er nickte nur stumm. Uskav erwiderte dieses stumme Nicken. Der Ork ging voran. Nach etwa 150 Metern erreichten sie ein Schott. Es war unverkennbar ein Werk meisterhafter Zwergenkunst. Ganz aus Stein gefertigt, schloss es

nahtlos mit der eigentlichen Staumauer ab. Nur die Bemalung machte es als Schott überhaupt erst kenntlich. Ein kleines Schaltfeld, ebenfalls nahtlos in den Stein eingelassen, diente der Bedienung.
»Bist du bereit?«, fragte Uskav und sah dabei ganz orkuntypisch besorgt aus.
»Nein, aber tu' es trotzdem!«, entgegnete Gildofal sarkastisch.
Uskav berührte die Schaltfläche. Ein Warnsignal ertönte. Entlang der Naht zwischen Staumauer und Schott flammte eine rote Linie auf und pulsierte als Warnung, dass das Drucktor nun geöffnet würde. Fast lautlos begann der Stein der Schleusenkammertür erst ein Stück nach vorn und dann zur Seite zu gleiten. Der Blick in die Schleusenkammer war frei. Es war ein kleiner Raum. Uskav und Gildofal würden knapp hineinpassen. Auf Boden und Deckenhöhe gab es Schlitze in den Seitenwänden, vermutlich als Zu- und Ablauf des Wassers. Die Rückwand bildete das Außenschott.
Gildofal schaute unsicher in die Kammer. ›Wenn diese Geschichte daneben geht‹, dachte er, ›Sind wir tot.‹ Plötzlich auftauchende Geräusche wie von eilenden Füßen und das Aufflammen heller Lampen im Staumauerstollen rissen den Elb aus seinen Gedanken. Das Öffnen der Schleuse musste ihre Verfolger alarmiert haben.
»Schnell!«, schrie Uskav, packte Gildofal und zerrte ihn mit sich in die Schleusenkammer. Im Vorbeigehen schlug er mit seiner Pranke auf das Bedienfeld, und das Schott begann sich hinter ihnen zu schließen, »Jetzt gibt es kein Zurück mehr. Der Flutungszyklus wurde gestartet und kann nicht unterbrochen werden!«
Das waren die letzten Worte, die Gildofal hörte. Zwei schwache Lichtfelder im Mauerwerk tauchten die Kammer in ein gespenstisches Licht. Ein gurgelndes Geräusch ertönte, und Wasser begann, aus den Schlitzen in Bodenhöhe zu laufen und die Kammer zu fluten. Uskav hatte sich in eine Pose der Beschwörung begeben. Der Uruk murmelte Worte in einer Sprache, die Gildofal nicht verstand, die aber bedrohlich und unheimlich wirkte. Das Wasser stieg. Es hatte bereits Gildofals Knie erreicht und ließ den Elb bibbern. Es war eiskalt. Das

Gurgeln des Wassers und das Murmeln Uskavs schwollen an. Es war, als wenn der Ork und das Wasser miteinander kämpften. Während das Wasser schneidend kalt war, schienen Uskavs Worte glühend heiß zu sein. Gildofal hatte fast den Eindruck, als wenn das Wasser in der Nähe des Uruks zu kochen begann. Die verbliebene Luft war von feuchtem Dampf erfüllt, der den Elb einhüllte und seine Sinne vernebelte. Geister- und Dämonenfratzen erschienen vor seinem inneren Auge. Gildofal begann aus der Wirklichkeit zu driften. Uskavs Murmeln war zu einem monotonen sich wiederholenden Singen geworden, dessen Worte wir Feuer in Gildofals Ohren brannten. Wasser, Hitze, Dampf, Feuer, Kälte – alles vermischte sich und explodierte schließlich in einem Nichts. Gildofal verlor sein Bewusstsein. Sein letzter Eindruck war eine Hand, die Hand Uskavs, die ihn packte und hinauszog. Hinaus in eine unendliche dunkle Schwärze.

Ende des ersten Teils

Zweiter Teil: Drachenblut 2. Buch - Linien

WOLKENGAUKLER
Anett Leunig
ISBN 978-3-934442-44-3

Nach einem miserablen Schuljahresabschluss verbringt Jann die Ferien bei seinem Cousin in München, der eine Menge Geheimnisse für ihn bereithält. Gleich in mehrfacher Hinsicht verhilft Christoph Jann im Laufe des Sommers zu seinem Coming-Out, und dem ersten Kuss folgen bald tiefer gehende Empfindungen. Die beiden sind wie füreinander geschaffen, und ihre Liebe scheint tief und grenzenlos.
Bis Christoph plötzlich die Brücken abbricht und Jann zu entgleiten droht. Das Erbe des Vaters scheint ihn in die Fremde zu treiben. Wird Jann es schaffen, ihn mit seiner Liebe wieder zurückzuholen? Kann er diese Liebe und seine neuen Zukunftsträume auch gegen die Erwartungen des eigenen Vaters behaupten?

GEFANGEN IM ZWIELICHT
Verena Rank
ISBN 978-3-934442-46-7

Seit er denken kann, beherrscht Leon Bergmann die außergewöhnliche Fähigkeit der Telepathie. Er glaubt durch seine Gabe stets alles im Griff zu haben, bis ihm der attraktive Alexei Grigorescu über den Weg läuft. Alexei vermag ebenfalls Gedanken zu lesen, seine Anziehungskraft beunruhigt und fesselt Leon gleichermaßen. Noch ahnt er nicht, dass er sich in größter Gefahr befindet, denn Alexei birgt ein düsteres Geheimnis. Als Leon Zeuge eines blutigen Verbrechens wird, ist es bereits zu spät.